(十周年全新增訂版)

能不能，轉身就遠行？

十年後，擁抱現實中的平凡

謝雪文（雪兒Chen）圖·文

CH 1
從迷惘中出走

CH 2
旅途中的過客

Contents

CH 3

新自我新心情

CH 4

夢想無限前行

Contents

CH 5

十年後，擁抱現實中的平凡

新版序／

轉身，十年，起承轉合

十多年前，我在身心障礙機構工作時出版了一本《能不能，轉身就遠行？》，寫的是關於單身女子從二十九歲跨越到三十歲之際，在迷惘中選擇轉身遠行的心路歷程。當時社會有一股強大的氛圍，推著眾多女孩在畢業工作後走向結婚生子這條路，多數人習慣用過來人的口吻建議你：「找個好老公，比你做著階級不上不下的工作強多了……」

在成長過程中經歷聯考、高中大學，畢業後出社會碰各種軟釘子，好不容易在工作上有一點小成就，卻總感覺生活特別窩囊，人生彷彿住在五坪大的城堡中，擁有了及格線的職場安穩，就少了白馬王子的單膝跪地求婚。二十多歲的我用最好的青春年華落子在一個人身上，左顧右盼等著對方給出永恆的承諾。就在準備跨到三十歲那年，分分合合大吵一架後，總算認清眼前王子並非良人，於是提出分手，他也轉身離開，多年期待落空的空虛，讓剛滿三十的我著實跌落至萬丈深淵。

曾經我好害怕跌倒，擔心跌落谷底後就爬不起來，變成眾所周知的笑柄。這個世界，大家不懂你，你也不懂自己。「我的人生就要這樣下去嗎？」夜深人靜時我會這樣問自己，把枕頭疊高，把啤酒放在左右隨侍，眼觀窗外景色十年如一，難道一生就僅限制在五坪大的城堡裡，鎖住

2014 / 台灣　桃園國際機場

自己？

這個世界最可怕的不是跌落谷底，而是過著自己不想要的生活方式，三十而立的我不顧衆人反對寫了離職信，鬧了一場家庭風波，獨自帶著三十公斤的行李遠走他鄉，發現路上每一個失戀、失意、失去自己的旅人，都有屬於各自獨一無二的故事歷程。

我在遠行的途中，跌落人生的谷底遇見了另外一個自己，他告訴我：「最慘就是這樣，不會有比現在更慘的生活。」我想做的事情不再只是逃避，而是活回更眞實的自己。失戀失業，沒想像中可憐，我，也能有更多的夢想，人活著總是會有幾段失敗的戀情，失敗的工作，活下去才能看見不一樣的風景，我也在陌生旅人的眼裡重新看見自己，定義自己，準備改變自己。

歸來後再也回不去小小的城堡，我努力當一個不再追隨別人旅途的門徒，不在意別人眼光的流浪者，跟隨自由的靈魂繼續找尋屬於自己幸福的路，在經歷職場部門同事自殺後，又再度寫了離職信「世界這麼大，我還想再看她一眼」，給自己五年的光陰去放飛自我，希望透過不斷出走、不斷跌倒，從未知又陌生恐懼的世界中，開出屬於自己美麗的花朵。

一眨眼，五年後，我用背包跟爲數不多的盤纏走遍了世界七大洲，從一個逃離職場的素人成了一個教人怎麼自助旅行的旅遊作家，從擔心下一頓吃啥，明天要住哪的窮困背包客，變成各國觀光局跟各家廠商熱情邀請出席或代言的旅遊網紅。面對身分上軌道轉變，與網絡社群上讚美跟謾罵的各種聲音，我也困擾了好幾年，成名的背後是一串道不盡、說不完的血淚辛酸史。而我總相信，人會越來越順遂的，只要眼睛往前看，思想往上走，大步的邁開步伐，困難是成長路上的禮物，一切都會越來越好的。

又眨眼，另外一個五年，歷經兩年新冠肺炎疫情無法遠行，我的旅途跟作家生涯掉入另外一個谷底，蟄伏期時出版社編輯潔欣遞出了邀約橄欖枝，我將這幾年離群的心路歷程寫成《生活中，選擇留下合適舒服的人》。

離家是爲人，歸途也是爲人，人來人往中坦然接受成長過程中所有煩惱都來自人，與其在乎愛不愛，恨不恨，風光不風光，不如孤獨爲人，瀟灑爲人，轉身是一個人，回來也是一個人。

走過三十歲迷茫青春，經歷了四十歲旅程淬鍊，原本陷在泥濘哪裡都去不了的我，在一次又一次轉身出走中，成功掙脫了眾人的眼光與現實的枷鎖。曾經糾結的都已煙消雲散，曾經那些質疑聲音也消失無影無蹤，曾經的執著的已學會放手，到如今儼然海闊天空。

十年後《能不能，轉身就遠行？》改版，我仍在這條路上繼續旅行，現在三百六十五天有一半的時間都不在家，不是準備出門，就是已經在前往機場的路上，偶爾獨行，也會陪家人旅行，不時與一群人同行，跨越大山大海，穿越人山人海，時間會證明所有選擇都是對的，終把泥濘路走成一條人生花路。

十年前，這本書帶給了許多迷惘中的青年出走遠方的膽量，

十年後，也期待這本書帶給更多讀者堅持追夢築夢的勇氣。

只要走出去，一切都會慢慢變好的，只要相信，一切都會好起來的。

這十年……

過去是瀟灑的窮遊背包客，現在是說走就走的旅人，過去我認眞把一年的旅費控制在三十萬台幣以內，除了去南極那年外，疫情後我就不再設限費用跟目標，只要去沒去過的地方，那裡就有新的自己在等我。

能不能轉身就遠行的十年旅途

- 二〇二五年旅行一一五天十二國：歐洲、非洲、亞洲（截至七月三日）
- 二〇二四年旅行一九四天十九國：歐洲、非洲、亞洲
- 二〇二三年旅行一九九天十九國：歐洲、非洲、亞洲

2023 / 南非 開普敦

・二〇二三年旅行一六八天二十六國：歐洲、亞洲
・二〇二〇年旅行十天一國：斯里蘭卡
・二〇一九年旅行一一〇天二十五國：歐洲、亞洲
・二〇一八年旅行一二〇天十五國：南美洲、北美洲、南極洲、亞洲
・二〇一七年旅行一九五天十六國：紐西蘭、澳洲、歐洲、亞洲、非洲
・二〇一六年旅行一八三天二十三國：香港、北歐、南亞、中南歐
・二〇一五年旅行一六三天五國：亞洲諸國

雪兒世界足跡九十三國一覽

・亞洲（二十六國）：亞美尼亞、伊朗、以色列、阿拉伯聯合大公國、卡達、約旦、汶萊、柬埔寨、馬來西亞、緬甸、尼泊爾、菲律賓、印尼、寮國、越南、新加坡、泰國、印度、不丹、斯里蘭卡、日本、北韓、蒙古、南韓、台灣、中國、香港、澳門
・歐洲（四十三國）：英國、葡萄牙、西班牙、法國、摩納哥、冰島、瑞典、

芬蘭、丹麥、瑞士、列支敦士登、安道爾、愛沙尼亞、拉脫維亞、立陶宛、波蘭、匈牙利、斯洛伐克、奧地利、捷克、德國、荷蘭、比利時、盧森堡、義大利、梵諦岡、斯洛維尼亞、克羅埃西亞、波士尼亞與赫塞哥維納、蒙特內哥羅、塞爾維亞、阿爾巴尼亞、北馬其頓、科索沃、保加利亞、北賽普勒斯、賽普勒斯、希臘、馬爾他、俄羅斯、聖馬力諾、土耳其

- 北美洲（六國）：美國、加拿大、墨西哥、古巴、貝里斯、瓜地馬拉
- 南美洲（七國）：哥倫比亞、厄瓜多、祕魯、阿根廷、玻利維亞、智利、烏拉圭
- 南極洲
- 非洲（七國）：摩洛哥、埃及、南非、納米比亞、波札那、辛巴威、尚比亞
- 大洋洲（三國）：澳洲、紐西蘭、斐濟

Chapter 1

從迷惘中出走

無力改變這個世界，卻渴望靠著離開，
重新打造新的人生，
追求的不再是外表的光鮮亮麗，
或是向世人證明自己有多厲害，
而是走出過去不安的陰霾，
學著開始重新對新的人生負責。

2016 / 義大利 五漁村

寂寞

能遇見誰，是上天賜給的緣分；能離開誰，是上天注定的分離。

還記得好久以前的自己，總是拉著另外一半的手，希望他帶我走遍世界各地。想在巴黎鐵塔下見證愛的誓言；想在白藍相間的小屋前，感受希臘神話故事；想要一起走過世界的四季；想要的東西很多，但對方從來就沒認真懂我，僅敷衍地說「等我們有錢就走」。

那時真的很傻，想著以後等兩個人賺了錢，就可以一起到處環遊世界，事實上旅行一直以來就只是我的願望，跟對方無關，配合演戲的是他，不耐煩的卻是我，我知道再這樣下去，永遠走不到我想要的路，當兩邊開始退讓到盡頭時，也是決定分手的開始。

2012 / 香港

愛情淬鍊後覺醒，是一段痛苦的歷程，但也是成長的開始。**單獨去旅行後才明白，原來世界盡頭不一定要兩個人才走得到；豁出去一個人，也可以爬上堅韌的山峰**。而且身邊不見得非要同一個肩膀，可能是旅途上來來去去的陌生人，相遇時我們微笑，轉身後再也不見，能遇見誰，是上天賜給的緣分，能離開誰，是上天注定的分離。

過去我從未想過獨自旅行，也沒想過自己眞的能走出那一步，幻想中總希望有個肩膀讓自己依靠，有個翻譯在旁邊幫自己點菜，最好可以像個天眞無邪的公主，然後過著被王子呵護，幸福美滿的生活。

有人問，這樣的你會孤單嗎？有人問，這樣的你不寂寞嗎？說實在旅途中從匆忙紛擾的人世看穿自己的孤單，其實也是種美好。想想過去陷入愛情漩渦中不停習慣騙自己，委屈自己的內心，那比一個人獨自旅行寂寞孤獨上千萬倍，只因爲把希望寄託在不存在可能的對方身上，一次次失望落空的表情，像是墜落在山谷中無以復加的深淵，心碎不已。

2025 / 中國 西藏 拉薩

放手不代表放下，卻也可以是另外一段旅程的開始。

原來沒有愛情的生活並不會天崩地裂，當我認真去做任何心中想做的每件事情時，生命也會充滿溫暖的情意，當我把這樣的溫暖傳遞給需要的人時，所謂的寂寞也沒那麼濃厚。

當我獨自去旅行，才發現世界眞實的寬廣。

當我放下了愛情，才發現眞正擁有了自己。

或許哪一天，我就會在路途中遇見另外一個他，他也在找像我這樣的女孩，一起用下輩子找尋關於旅行的意義。

十年後

喜歡一個人，是愛腦海中的濾鏡，脫掉濾鏡，就也只是一副皮囊而已。人都會改變，最好的遇見是當下，最好的祝福是分開，都把自個兒的人生過好便是萬幸，誰都別等誰，也就不耽誤誰。

2017 / 埃及 達哈布

追尋

單身，更需要去旅行！
或許你會在旅途中，遇到那個適合的他。

「一個人，一只行李箱，幾件衣服，然後沒有包袱，牽掛的是家，卻不是他。有一雙翅膀，飛到任何想飛的地方，想做任何事情就努力去追尋，一個人很自由，偶爾很孤單，但是所有的故事都因爲你而起，也會因爲你結束！」

我，學習單身旅行，覺得這樣很好，卻也不放棄追尋幸福的勇氣。

恢復了單身，卻不知道該怎麼重新開始自己的旅途，不想一個人，也不想留在原地舔舐傷痕。於是呼朋引伴去戶外走走。一大群朋友的旅行，像是兒時的郊遊，很快樂也很開心，每個人都在歲月裡成長，在旅行中回憶過去，分享每個人遇到的困境，然後一起煩惱著現在的工作跟家庭。

旅行是一種最簡單交流，讓封閉的自己回到了一群人的懷抱裡，但事實上每個人都有令人糾結的現在，有時候也很難為自己找到一個出口。

於是假日我開始一個人、一台車、一台相機就四處奔波，說真的我也不知道自己的目的地是哪，沒有特定要去看什麼樣的風景，也沒有要追逐什麼樣的祭典，只覺得這樣生活很好，感覺比只會窩在家裡看連續劇還好。

一個人旅行，身邊少了可以講話的人，但是卻可以選擇自己想看的風景，然後不需要因為某些人去那些自己不喜歡的景點，就連吃東西也可以選擇簡簡單單，這種日子也挺樂趣。

原來單身也很適合旅行，沒有人陪也可以自己去走走，一個人看看這個世界變化，在廟宇前吃冰淇淋，在觀音廟祈求一支好籤，在老街巷弄裡面找百年美食。在市場轉角發現有人在鐵窗上畫畫，我就蹲坐在那裡欣賞他們畫畫。沒有時間壓力，邊看著聊天，離開前就問住在附近的人，還有哪裡可以去走走。

單身旅行的野心會越來越大，想看更多的風景，所以開始向世界挑戰！

雖然我英文眞的不好，也完全沒有理財頭腦，東西永遠亂放亂丟，丟三落四的個性可能不適合勇闖天涯。原本以爲這樣的自己會碰到很多麻煩，後來才發現原來有些人不會講英文，照樣可以全世界走透透。曾經有語言不通的背包客，在旅館櫃檯前，用雙手比畫著睡覺的姿勢，然後再比畫「一」這個數字。看到這幕我不禁莞爾，連語言不通的我，都看得懂這代表「住宿睡覺、一個人」。

旅途中遇見一位來自北京的女孩，告訴我這些年她的旅程，從畢業之後拿到了北歐挪威的獎學金，念完書之後獨自玩遍整個歐洲，也走過了埃及、中亞、東南亞等地。旅途中不乏驚險刺激的故事，也讓膽小的我心生佩服。心中油然而生「他們都可以，爲什麼我不可以?!」的念頭。決定爲自己勇敢一次，開始走屬於我的單身旅行。

是啊！單身旅行，再怎麼丟臉也就是一個人，反正身邊又沒有認識的人。沒有人會跳出來指責，或是瘋狂的碎碎念，不管好的壞的都要自己承擔。或許是傻事做多了，很多傻事看起來都不傻，變得新鮮有趣。

世界這麼大，或許就在旅途中遇到適合的那個他，有時候不是遇不到，是我們的世界太小，走遠一點，或許那個人就在燈火闌珊處等待自己！

十年後

世界這麼大，倘若眞找不到短暫的人相依、合適的人相伴，學著一個人生活，反正人最終還是要孤獨面對死亡。

2015 / 日本 直島

討好

人生不需要討好每一個人，為自己活出精采人生，不後悔就好！

身邊總是會有這種人，或許還是自己最親近的人，他們活在自己的世界裡，奉榮華富貴爲圭臬，不時對他人洗腦什麼樣的生活才算及格，然後也妄想把每個人歸納到他們的生活圈裡面去，一起歸依同樣人生信仰。

說眞的，我並不會否定他人的信仰，就像我也尊重每個宗教所帶給人們心靈上的依靠；也不會叫不愛旅行的人非要出遠門不可，只是關於個人未來的夢想，不應該是局限在某一個特定的範圍。

「你覺得這個L牌的包包好看嗎？」她拿起了手中的戰利品，在我眼前轉啊轉，「這可是我省吃儉用兩個月買的夢幻逸品。」一臉陶醉的模樣，讓人能感受這對她來說是多努力的夢想。身爲朋友，也是個路人，我爲她省吃儉用完成夢想的行動力鼓掌，但請不要也把我納入同樣的消費模式才是正確。

「我買了房子，是在水岸第一排！」他興奮的告訴我這個勇敢的決定。「這輩子我就希望有一個屬於自己的家。」說著說著他眼淚都快要流下來了。身爲朋友，也是路人，我爲他用未來三十年的房貸完成夢想的行爲鼓掌，但請不要把我也納入買房是人生必經過程的模式裡。

「我要嫁人了，他昨天跟我求婚了！」她臉上洋溢著幸福。「這輩子他是我最大的依靠！」她把自己完全交給另外一個人了。身爲朋友，也是路人，我爲她勇敢選擇婚姻的行爲鼓掌，但接下來請不要問我：「妳怎麼還不交男朋友？怎麼還不結婚？」

2024 / 瓜地馬拉 阿蒂特蘭湖

「我想花光錢去世界各地旅行！」大家訝異的看著我。

「我想睡遍全世界的機場！」大家質疑的看著我。

「我想一輩子都爲自己去旅行！」大家不解的看著我。

「我想三十五歲退休！」大家不可置信的看著我。

「我想開一間書店，裡面全部都是旅遊書！」大家開始擔心我。

大家都憂心忡忡的看著我，想試著打消我這些無聊的念頭，只是他們不知道，沒有目標的活著，比死了還要難過，當你已經有目標想去努力，卻被逼著走回頭路，那根本是經歷大難不死後，再被車輪輾過一次。

或許有人說：「爲什麼這麼喜歡去旅行？難道安定不好嗎？」正因爲走過那段漫長的旅程，我才明白自己的渺小，我想走更遠的路，是因爲想看見更多自己不同的可能。

我開始明白夢想是什麼，就是找一種快樂又簡單的方式去生活，可以不用賺很多錢，也不一定要有人陪伴，或在房間堆滿各樣的奢侈品，但一定要走在自己喜歡的路上。

我的人生不需要討好每一個人，討好自己比取悅他人來得重要很多。

我不會質疑每個人的夢想是什麼，對你們來說我只是路人，重要的是我們都可以爲自己活出精采人生，不後悔就好。

十年後

討好一群糟糕的人，最終也活成糟糕的人，討好自己，雖然不被人諒解，逐漸也能明白，清醒的獨活比攪和在一堆爛泥中能長命百歲些。

2017 / 埃及 達哈布

束縛

「我的人生就要這樣子下去嗎？」夜深人靜時我會這樣問自己。

成長的路上並沒有人眞正了解我想做什麼，進入社會後發現有些事情不是努力就可以達到，無論工作生活常有心無力，也不明白這樣下去好嗎？

已經努力往安全的舒適圈走去，但每前進一步，發覺似乎沒有眞正的安全舒適圈可言。

「去考公務人員比較好！那個王家的兒子考上特考整個很有前途。」

「去嫁個有錢的老公就好啦！我跟你推薦誰家的兒子碩士畢業。」

「找個附近小公司上班就好啦！女生也不要那麼累。」

「去學個語言或是多進修什麼課程，對你的未來比較有幫助！」

2013 / 泰國 大城

在衆人眼中，脫離學校的我還是有很多需要努力的方向，不過事實上我的內心，無時無刻都想反駁，想證明自己與衆不同，又害怕周圍的人會以什麼標準衡量自己？不想淪落成爲婆婆媽媽嘴中叛逆的一分子，往往還沒踏出就決定放棄，因爲連自己都否定自己。

這麼多年渴望改變，又害怕改變。到了即將三十而立的年紀，想著接下來都要演著跟別人同樣毫無生趣的宣導節目，想到都令人沮喪。

不甘心日子像打陀螺，持續的在原地旋轉；亂買衣服的速度，永遠比穿出門的次數多；存款簿裡面的錢，隨年齡增長也不見得比較多；整天都找機會跟別人抱怨生活，數落那些跟我毫無相關之人的不是。

「我要辭職去旅行！」我是這樣平穩的說出自己想要的結果。

「你瘋了嗎？你不知道現在工作有多難找！」好友不可思議的看著自己。

2025 / 馬爾他　戈佐島

「我不准你去！」老爸完全不想聽任何理由。

「爲什麼要造成大家的困擾？家裡不好嗎？」媽媽聲淚俱下。

三十後才開始學著叛逆，著實讓多年信任我的家人跟朋友大吃一驚，頓時間我覺得自己甚是不孝。

最終得到了衆人嘲笑，跟不信任的眼光，沒人能保證這樣不會違背天地，但大家都不知道活在束縛的城堡太久，會有隨時窒息的感受，旁人無法明白這般恐懼不安。

開始想爲自己做夢，做很大又遙遠的夢，不是活在過去的小城堡裡，而是幫自己重新植上一雙翅膀，可以自由飛向沒有邊際的天空。

十年後

辭職去旅行並沒有很了不起，只是在少數人眼中是離經叛道，倘若一個人連離職都不能掌控，那麼他還能掌握什麼更好的人生？

2017 / 紐西蘭　蒂卡波湖

逃離

因為渴望改變，所以選擇「出走」。

踏進社會這淌混水，不知不覺也快十年，我常在想，現在的生活爲何總覺得過得不踏實，像是戴上了一副面具生活著……。

懷念剛出社會那段時光，什麼事都不懂，什麼人都得罪，自以爲天大地大夢想最大。這些年順著別人眼光走入了圍城，早忘了天大地大，就連在最愛的家人面前，也把夢想隱藏得滴水不漏。他們要我嫁人，我便努力相親；公司希望業績提升，我便日夜加班努力；朋友要我快樂，我便努力飲酒作樂。越往裡面走，便活得越不快樂，戴太多面具之後，已經忘了哪一副才是眞實的自己。

2011 / 新加坡

當工作已無法激起任何熱情的時候，其實同時也是在消耗自己的內在；當試圖逼迫自己在原地盤旋的時候，其實同時也掉入了另外一個漩渦。當自己不願意做出任何選擇的時候，其實我們也已經爲自己做了選擇。這個時候要讓靈魂在原地消失？還是用一段出走喚回對生命的感動？**離開不會比較好，但是絕對比你自掘墳墓來得好，我想找一個方式幫自己逃離人生的中場。**

放下一切去旅行，並不是想像中那麼簡單，一心一意想逃離家園，但離開後卻發現來到的地方，也非夢想的港灣。一步一腳走向流浪，但偶爾還是會不停地攻擊自己旅行的正當性。

走得越是孤獨，就越能跟自己對話；碰到的災難越多，就越能感受到自己的勇敢。即便過程並非事事順心，有時孤寂、有時憤怒，但不需要再虛僞的面對家人。

2025 / 不丹 鐵索橋

這一年，再也沒有人逼我非嫁人不可，這一年，我只需要平安的走完整趟旅程就好；不需要再虛偽的面對旁人，不需要看到美景就驚呼、不需要吃到美食就馬上分享、不需要凡事都想著拉另外一個人的手。

所有的懸念經過旅程，像慢火熬成的粥，過去不開心的回憶模糊了，那些解不開的心結也散了，活著到這個節骨眼，不能放下的也都放下了，那些面具也卸下了。

如果說期待這趟旅行有什麼收穫，我希望是學會坦然面對自己。

十年後

當人越來越坦誠，清楚自己是誰，擁有什麼，可以捨棄什麼，就會發現眼前的煩惱都會不攻自破。

義無反顧

當你真的努力的堅持到最後，
那些反對的聲浪也慢慢轉變成尊重的祝福。

社會化多年，披上了現實的袈裟，看似擁有年輕時候的夢想，卻莫名懷念著青春時蠢事做盡的傻子，好想回去從前，卻也明白回不去從前……。當所有選擇都只逼自己往胡同裡面去，唯有離開才能徹底的切斷跟這裡所有的牽連。

離開，像是喚醒我命運詛咒的鑰匙，需放下過往建立的輝煌，原以爲很不容易，但執念著那麼一個念頭，「除了遠走高飛，其他皆可以拋棄！」就像《牧羊少年奇幻之旅》書中的一段文：「當你眞心渴望某樣東西時，整個宇宙都會聯合起來幫助你完成。」

攤開了存款簿，徹夜計畫整個旅程，想盡辦法去說服那些阻撓自己的人。原來眞實的放下沒有想像中那麼容易，但當你眞的努力的堅持到最後，那些反對的聲浪也慢慢轉變成尊重的祝福。

他們說：「你選的人生，就該要自己承擔。」

誰也不能保證前方的路會有多美好，但能想像一個女孩到國外生活那該有多困難，尤其是像我這樣多年嬌生慣養、語言能力又差勁的人呢！

別說我沒想過放棄，恐懼每天都在夜晚

侵蝕我出發的勇氣，曾有一萬個念頭想要終止這樣瘋狂的決定，但醒來之後卻又期待離開後重生的自己。

回頭看，這樣矛盾是每個尚未踏出流浪旅人的必經之路，而且這段路走得不比旅程輕鬆！但真正放下依賴，也是開始成長的路途，即使接下來的旅程不順遂，這段歷程會讓你走的更加踏實，還有義無反顧。

2019 / 伊朗 克爾曼

流浪前，先學會放下，從零開始，
你才能感受到旅程帶給自己眞實的滿足，
然而那個過去的自己，也將不會再是自己。

十年後

所有過不去是因爲不接受，但這世界哪有所謂的公平。

2012 / 澳洲 凱恩斯

2024 / 中國新疆　烏魯木齊

勇氣

有一種勇氣叫放棄，另一種勇氣叫繼續勇敢的做自己。

沒有一道牆，厚到不能被推倒。
沒有一條河，寬到不能被越過。
沒有一個人，窮到不能過生活。
沒有一顆心，傷到不能站起來。

還沒有出去之前，我是個生活總困在辦公室，跟朋友圈之間的上班族。有時候覺得不能這樣下去，但又不敢跨出內心的那一步。

羨慕著那些敢放下出走的女孩們，直到有一天，生活的無助讓我崩潰了！

依然單身沒有依靠，有工作沒有荷包，我深深感到「再不處理這些困境，我不如死掉算了！」於是就這個念頭，我決定去遠行。遠行難嗎？很難。獨自旅行難嗎？我從來沒想過。能辦得到嗎？一萬個疑問在質疑著自己。

全世界的人都在告訴自己，擁有金錢才有好的未來，職位高才能成就未來，但爲什麼不能讓夢想回到最初？讓心歸零、重新開始學習？眞正的幸福應該是不怕失去，「堅持」才能看見人生不一樣的風景。

2019 / 瑞士 穆倫

請別被現實打敗，也別被那道高牆限制自由，更千萬別因爲得不到，就詛咒別人也不好過。或許一定年紀後的「做自己」，很容易令人沮喪，要面對衆人質疑的聲音，還有一堆莫名其妙的人落井下石，活生生像個異類。

低潮跟不安是必經過程，但時間跟反省是最好的治療，荒唐會復原，傷痛會消散，堅持走在喜歡的道路，總有一天我們都會找到同類，然後繼續專注各自想要的人生上。

學著放下那些不要的，拒絕追逐那些不愛的，去努力想像未來的模樣，然後就朝著前面奮力往前走，有沒有走到終點不需要抱太大得失心，重要的是現在過得比以前快樂，知足後就會滿足。

我們都能回到過去最單純的夢想，但必須學著放棄那些多餘，堅持走想要的路途，**有一種勇氣叫放棄，另一種勇氣叫繼續勇敢的做自己**。

十年後

做自己沒有很勇敢，但這樣的勇氣經年累月持續累積，你會發現自己從頭到腳都散發自信的萬丈光芒！

2025 / 土耳其　阿拉恰特

gornergrat bahn
the matterhorn railway

Chapter 2

旅途中的過客

旅行沒辦法改變什麼，
但旅人的視野，
卻可以打開封閉已久的心房。
旅行最感謝的不是我看過哪些風景，
而是認識的每個旅人，
他們讓我看見高度，也讓我看見廣度，
至於深度就要靠自己慢慢去實踐它。

2019 / 瑞士 策馬特

獨行

獨自旅行第一件事情，就是要學會跟自己做朋友。

人生沒有太多時間猶豫，想去做！就從附近開始吧！不要好高騖遠，也不要憂心忡忡，在還沒做之前，害怕也只是空談。

說眞的，我一開始絕對不是這麼大膽、熱愛冒險犯難，所以一開始先以家爲根據地，一個人去嘗試那些熟悉的景點，接下來再去語言相同的城市流浪。

獨行眞的沒有想像中恐怖，但也沒有想像中美好，只是換了一個陌生的環境，沒有的東西太多。沒有熟悉的店家，沒有跟你講同樣語言的人，沒有電視上講得那麼可怕，也沒有隨時拿刀搶走你財物的人。

2012 / 泰國 清邁

但是可能找不到明天的住宿，也可能迷路一整天，或許也不太清楚接下來要幹嘛，但留在原地不代表時間靜止不動，旅程依舊很忙碌，因爲忙著思考下一步要做什麼，下一站要去哪裡？不停的在跟自己的腦子抗爭。

是的，獨自旅行要想的事情太多了，包括三餐要吃什麼？氣候狀況差是否要出門？該搭哪種交通工具去下個城市？異性邀請去喝酒該去嗎？想想以上這些都安全嗎，我不認爲。

但生活在家裡附近也都保證安全嗎？看看電視上的新聞吧！其實沒有一個地方是安全的，在這個世界上每一分鐘，馬路上就會出現車禍，每一秒鐘，就有人因意外離去，但當我把自己完全交給旅行時，前進是一種義無反顧的舉動，會更加小心翼翼的往最艱難的路途走去。

2024 / 羅馬尼亞　布拉索夫

旅途中，我偶爾在想：「會不會死在路上？」尤其我要前往的地方可能是個不安全的地方，但是往往到了那個地方，這種想法就會拋到九霄雲外，因爲我正在享受旅行帶給我的衝擊。

從小教育就教我們要提防陌生人，甚至不要跟來歷不明的叔叔伯伯交談。但這個世界不是非黑即白，人也有分好跟壞，必須學會辨別哪些人有不良企圖。我保護著身上僅剩下的財產，不輕易讓別人侵犯，或是惡意觸碰我的身體。我知道可以應付那些突然發生的狀況，已經從太多失敗的例子中，學會跌倒後馬上爬起來。我期待有各種不同的事物會在生命中發生，那將會是成爲我一生重要的養分。

我不會大力宣揚每個人都需要一個人旅行，畢竟每個人的生活背景都不同，但我相信每個人都需要在忙碌中留一點空白給自己！

最簡單的旅行，就是在喧鬧的城市中，一個人散步在綠蔭中，巷弄裡找一家獨具風味的咖啡廳！一個人獨自淺嘗孤獨，從玻璃透過的光影，去感受另外一個留白的溫度。

十年後

害怕孤獨的人，往往期待從別人那邊獲得關注跟愛，一旦失去就會感到錯愕與揪心，事實上寂寞是自找的煩惱，孤獨是永恆的朋友。

相遇

走得越遠，才發現路原來可以那麼長。

旅程中大部分的時間都是自己的，扣除了那些必要的睡覺跟迷路，是有絕對空出來的時間跟自己對話。因為過程中你只能跟自己對話，也無需帶著面具面對自己，有時以前那些腦中打結的問號，不小心就在旅程中自己解開。

或許那些惱人的問題並沒有那麼難解，只是在繁忙的生活往往會忽略，或是選擇性遺忘，問題堆疊越來越多，就變成了一個死結。透過跟不同旅人的對談，轉換不同風景的眼界，發現很多問題只是當初不想去面對而已。

2012 / 香港

2024 / 寮國　龍邦坡

必須承認，剛開始的獨自旅行很不適應，總覺得出門後背包哪些東西缺了，總覺得自己心裡被綁在家裡，一個人靜靜看著海，但卻沒有得到書上所說的平靜心靈。習慣把行程塞滿，按照攻略的行程走，往往落得走馬看花，甚至常常旅行到一半卻想提早回家，有點搞不懂自己在獨自旅行中尋找的到底是什麼？

旅行根本沒辦法幫自己帶來心裡的平靜，也沒辦法立即告訴我未來該要怎麼走，長久以來我對旅行的定義大部分都在度假、血拚。但是**獨自旅行第一件事情，就是要跟孤獨做朋友，要開始學會自己做決定，當看見美景想要跟人分享時，身邊往往只有空氣**。

「厚臉皮」是獨自旅行最有用的工具，太多旅程疑惑在攻略上找不到，與其滑著手機靠網路搜尋答案，不如直接問問身邊的路人，有時也會得到意外豐富的收穫。

不是非得要一直走才叫做旅行，如果不想出門，那就在旅社的交誼廳隨便找個人聊天，或許還可以找接下來同行的夥伴，正因大家都萍水相逢，來自世界各地，光一個語言的話題就能聊到天南地北，熱烈萬分。

曾經想像中的獨自旅行，就好像一個人走在蜿蜒沒有盡頭的道路上，孤獨的背影有種淡淡的哀傷，這樣的人不是感情失敗就是人生失意，但眞的獨自走過旅程，我發現這些想像完全顚覆！

身邊多的是陌生又熱情的旅人或是當地人，我們不停在交換彼此生活歷程，沒有年齡、種族跟顏色的區分，在旅途上每個人都是一樣的人，放開心去接納那些你從未接觸的世界，再從旅人的觀點去看自己模糊的想法，往往都有跳躍的思維在衝撞。

旅行促使自己脫下了多年虛僞的面具，也拋開了僞貴婦非要不可的華麗出場，選擇更加眞誠面對自己，以及每個相遇的旅人。

在自己的能力範圍下，去走屬於夢想的旅程，
當走得越遠，才發現路原來可以那麼長，
實現夢想不再是空想。

十年後

偽裝堅強，到最後就可以變堅強？旅途中，你可以什麼都去嘗試體驗，沒有人在乎你是誰，只有自己在乎自己能成爲誰。

漩渦

有時候我們覺得愛一個人很深，愛到不能失去對方，但那只是我們對於愛的感覺沒有想得很透澈。

在旅途中，總會遇見三種人。

第一種，很合拍的旅伴，讓你有種相見恨晚的感覺，真希望能跟這個人一直旅行下去，就算分離也希望未來都可以保持聯絡。第二種，很討人厭的跟屁蟲與行程控制狂，讓你有衝動想趕快把他甩開，或者找理由就是不要跟這人走在一起，真希望從今爾後下輩子都不要遇到這種人。第三種，普通的旅人，談得上幾句話，也可一起走，聊的事情很廣，離開不會特別想念，再見到也不會特別激動。

2025 / 土耳其 棉花堡

2025 / 賽普勒斯　尼科西亞

大部分遇到的其實是第三種人，但是想想不管是第一種或是第二種，最後也會變成第三種，太過思念會變成執著，太過討厭會變成怨恨。

既然如此，爲什麼不用開闊的心胸去面對每一個走進你生命的人？

面對困境或是不安，就當作是人生歷練的學習，然後保持著平淡的心繼續旅程。

其實每個人都是過客，這是我在旅行中體悟出來的。

有時候我們覺得愛一個人很深，愛到不能失去對方，但那只是我們對於愛的感覺沒有想得很透澈。曾經會覺得爲什麼自己這麼愛對方，但是對方給我的感覺卻只能有一半，曾經試著努力去付出，卻往往因爲得不到相同回報而感到悲傷，會哭泣、會委屈、會憤怒，都是因爲「愛」未達到自己想要的感覺。

旅途中一個人開始面對自己，面對那些理不清的感覺，想著想著那些執著想不通的死結也解開了，那些讓我恨得牙癢癢的人也不恨了，那些過往讓我羈絆的煩惱也放下了，或許在成長的階段，我們都在追求更好的成績或發展；在就業的階段，我們都希望能站在衆人之上；在愛情的階段，都希望得到對方的珍惜。一旦陷入想要又得不到的漩渦中，就像在人生路上打了個結，累積到一定的量後，就變成了解不開的死結。

是啊！旅途中就只有我自己，身邊人來來又去去，人生不也正是如此，與其執著單數或複數人生，爲何不好好正視自己想要的人生，與其爲了功成名就然後欺善怕惡，爲了飛黃騰達選擇喪盡天良，但最終塵歸塵，土歸土，能帶走的也只有一生美好的回憶。

爲什麼要由別人判定自己的成功與否，而非自己決定人生的高低。

不要以爲別人依賴著你，就非心不甘情不願付出不可，不要以爲自己有多厲害，非要改變別人的選擇不可，我們都是其他人路上的過客，有些事自己想清楚就好，學著不要太執著就好。

單身有什麼不好，到了死還不是要一個人走。

寂寞有什麼不好，其實人生來本就孤寂。

十年後

熱愛單身生活，永遠不會太遲。

找自己

我能做的，也只剩下坦然面對自己而已，走到最後，其實好像也只剩下我自己。

原本最擔心的事，就是一個人旅行，但或許因爲年紀的關係，身邊的朋友不是已嫁人就是忙於工作，哪有人有那個閒工夫可以相伴闖蕩天涯，況且三十這個年歲，早就不適合熱血青春，每個人都在努力經營事業或愛情，誰願意放棄大好前程，陪自己當一個苦行流浪漢，一走就是數年呢？

只好網路上找尋陌生人，或許茫茫人海就有那麼一個人，互不相識卻能互相扶持，於是和一個未曾蒙面的女孩，搭上線準備一起闖蕩天涯。只是任何事情都有變數，原本要一起出發的女孩告訴我：「公司給我更好的職等，我該放棄嗎？」她的話像一道雷，貫穿了決心，我回她：「自己的人生自己選，這條路我還是會繼續走下去。」

2012 / 澳洲 雪梨

2019 / 希臘 科浮島

最終我選擇獨自啟程，到遠方投靠了兒時玩伴，卻像極了闖入叢林的兔子，一開始是新鮮，後來才發現總不能一直這樣依賴下去，於是揮了手與另外一群人繼續旅行，接下來我的旅途就在不同的人群中遊走。

我是一個人，卻也從未真正一個人，學著在陌生人群中歡笑，卻也明白那種笑容有種久違的陌生，過程中不停尋找同行，事實上沒有人能陪我到最後，走到後面也慢慢的開始討厭這種萍水相逢的緣分。

小時候總愛依賴著家人，長大後喜歡吃喝玩樂一群人，談了戀愛就只想兩個人，常常忘了自己也需要一個人，卻不知不覺害怕過得只剩下一個人……。

一開始分別旅人會哭泣，後來也只剩下祝福的擁抱。一開始分別旅人會傷心，後來也只剩下微笑的送別。一開始分別旅人會想要留下地址，後來也只剩下回憶。走到最後，其實好像也只剩下我自己，而我也只能坦然面對自己。

過去爲了想擺脫一個人，總是不停在許多人面前努力掩飾自己的眞心，學生的時代怕被排擠，就努力的追隨偶像找共同青春的話題。工作的時候就忙著討好公司前輩，出去玩回來總是會買些小禮物或是一起團購下午茶點心。談戀愛的時候努力想著取悅另外一半，逛街時候想著要買什麼東西給他，訂餐的時候就想對方喜歡吃什麼，看似一切正常的背後，卻好像總有著說不上來的無力感。

人跟人之間堆疊出來的友情、親情、愛情，有時候也像一條把自己纏住的細繩，說穿了這是人情味，但最終自己呢？有時候人會爲了所愛的人學著委曲求全，以爲這樣的犧牲很値得，但慢慢沒有了靈魂的自己，快要變成什麼都不是。

或許這麼多年來追逐著別人的眼光，漸漸在人群中迷失了自己，一直努力的往人多的方向去，以爲只要夠喧鬧，身邊夠多人，這樣的人生才會夠精采，其實沒了自己之後，只不過是討好別人的遊魂。

最終，我適應了一個人旅行，也開始學會一個人欣賞風景，獨自走入巷弄也不覺得無聊，獨自吃飯亦能自得其樂。越走才發現一個人可以好好過，爲什麼總是要看到別人的稱讚才以爲自己夠好，其實是自信心不足，爲什麼總期待兩個人呢？原來是自己騙自己幸福非要兩個人過，如果當我們一直都爲著別人而活著，那麼生命有著不可承受之重，當哪天自己不願意爲別人而活時，那生存的價值不就等於了零。

旅行讓我明白每個人其實都是單人，
不需執意著複數人生，
要先學會愛自己，才有能力去愛別人，
幫自己創造價值，才能幫助別人活出新的價值。

十年後

無人欣賞你，那學會孤芳自賞，久了，缺點也能成爲迷人的優點，久了，你會發現，這世界哪有該死的缺點，只有別人的討厭，跟我的不在意。

2025 / 土耳其　卡帕多奇亞

灑脫

與其跟不合拍的人去旅行，不如一個人走。
與其浪費時間在不愛你的人，不如全心全意愛自己。

走過太多路程，換過太多旅伴，才明白：
不是我不能跟你旅行，而是現在的我只想要一個人旅行。
不是我不能跟誰旅行，而是現在的我只想要跟合拍的人一起去旅行。
不是我不願意帶你去旅行，而是你根本不適合我的旅行。

是的，不是每個人都適合像我這樣去旅行，也不是每個人都可以像我沒有規劃、沒有準備，就可以揹起背包四處探險，那的確需要一點技巧，還有一些勇氣準備，可能隨時在旅途中迷路，或得有崩潰找不到住宿的打算。

2012 / 澳洲　阿德萊德附近的鹽湖

不要告訴我「我什麼都沒問題，一切遵照你的行程走」，曾經就因爲有旅伴這樣跟我說，結果旅行第三天就說要拆夥，但並沒有拆夥後的配套措施。

不要告訴我「你去的地方我都去，你吃什麼我都吃」，曾經就是因爲這樣，結果點餐時才說不吃辣、不吃乳酪、不吃油炸食物，結果搞到我想吃的都沒辦法吃。

2017 / 埃及 吉薩金字塔

不要告訴我「我出外很好相處，況且我們已經是朋友」，難道我會不知道你到底好不好相處?!旅行不是旅遊，不是喝完下午茶聊完是非，就可以拍拍屁股走人，不是看完電影就可以散場回家。

我害怕你想要去某個皇宮的時候，或許我只想在咖啡廳裡面品嘗寂寞。

我害怕你告訴我你想吃某個部落客推薦的美食，而我一點興趣都沒有。

我害怕你想要在大賣場血拚時，我只想去某個名勝古蹟觀賞、感受歷史。

但眞正最令我害怕的，是因爲旅行失去你，也失去我自己。

我可以自己解決住宿、簽證的問題，但是卻無法解決你挑食的麻煩，也無法解決你只想住高檔飯店，不想住平價旅社的選擇。

經過獨自旅行，我漸漸找到想要的未來，也明白有些旅行並非要跟朋友在一起，現在每走的一步路，都是自己喜歡的路途，走的速度也不快，慢慢走就會抵達想要的風景。

別期待我會回頭，別以爲我會駐留，我的心已經被旅途磨練到無堅不摧。愛**自己，是現在我唯一想走的路途，孤獨只是必經過程而已**。寧可失去一個旅伴，也不想再失去一個朋友。

曾有人說：「一個人可以走得比較快，但一群人可以走得比較遠。」但有時候孤獨的走，反而容易走得灑脫。

十年後

沒有比失去生命更糟糕的！那麼失去一段朋友，一份工作，一些金錢，都只是過程而已。

放下

我總是被問到：「為什麼你可以放下？」

離開後往最貧脊的旅途走去，希望透過不一樣的經歷豐富自己的眼界，也更願意走進別人口中所說危險的地方，才明白出走其實一點都不可怕，最困難的是跨過自己心裡門檻的那一步，面對手上擁有的一切得選擇放下。

走過流浪的我，才眞正體會人生轉變是如此踏實，在流浪前，第一件事要先學會放下。

出發前，我帶了三十多公斤的大行李箱，一路上拖運這些重死人不償命的行李就令人崩潰，才發現自己攜帶的大部分物品都是累贅，每次移動遷徙，就是一趟天殺的自我折磨。旅行到一半，我決定把行李箱丟棄，找間店買了便宜的登山背包，再把眞正覺得需要的行李裝進背包裡，能裝進背包的每一項東西都很實際，然後每一個物品我都分外珍惜。

四百天的旅程，路途太長且沒有計畫，過程超出所有人想像，各種荒謬怪誕的事情都在途中發生，其實隨時可以訂機票飛回家，但是我沒有！因爲旅途再艱難再困苦，我只剩下自己跟背包，也沒有什麼好奪去的。

當然，從前養尊處優的我，轉變成吃苦背包客這件事情，並沒有想像中那麼容易，但一路走一路看，慢慢學什麼該丟、什麼該買，沒有任何人教我，也沒有任何參考書，鞋破了再買一雙，衣服破了再買一件，不是沒錢，只是我知道多省一點，這趟旅行就能再長一點。

是背包旅行教曉了我，在有限的空間跟金錢下，該怎麼去做夢，我不再追求吃好、住好的旅行方式，也不要求什麼樣的等級才適合自己，當我放軟身段去面對一個人，才發現別人也會同樣回報你。

2016 / 芬蘭 移動的火車

途中太多的崩潰來自本身的無知，我像極一個好命又慣壞的富家千金女，突然被丟到荒蕪的森林中，儘管沒水、沒電、沒有網路，卻依然故我的把過往的壞習慣，舉凡迷路、掉東西、不耐煩等壞脾氣，在陌生城市發揮到淋漓盡致，造成無數人的困擾。

途中遇見的旅人大部分都是小我好幾歲的弟弟妹妹，我除了要克服自己過去吃好穿好的生活習慣外，還要消磨跟這些人的思想差距，也慢慢的從一開始先入爲主不認同的偏見，慢慢用同理心去了解彼此對於未來的徬徨，以及害怕歸途的感受。

過程中，我曾固執的跑到那夢寐以求的危險山丘，只爲追求傳說中一生一定要到訪一次的世界奇景。最終卻發現**那些壯麗的風景，遠不如路邊一個善心女孩的微笑，更讓我動心**。旅途中，也甚至一度與死神擦肩而過，發生嚴重的食物中毒，傷及下半身神經、無法行走，好在靠著旅伴的機警，撿回一命。大難不死的我，終於感覺生命原來如此脆弱。

那些偉大的歷史古蹟，在到訪後，就容易遺忘在記憶角落，但眞正改變內心的，卻是遇見路上曾幫助過我，那些眞心奉獻一生，去追求夢想的陌生旅人們。是他們偉大的勇氣感染了我，讓我明白自己沒有想像中這麼脆弱。是他們無畏的追夢影響了我，最終發現自己活在世界上是如此渺小，也明白自己的能耐絕對大過曾經自以爲是的偏見。

旅途中我遇到了好多貴人，但要放開心才能接受他們的幫助。

旅途中我遇到了好多災難，但實際上沒有過不去的關卡。

旅途中我遇到了好多麻煩，但能解決問題的只有我自己。

是背包旅行教曉了我，用行動去解決人生的問題，有些事情三分靠想像，七分靠行動，如果一輩子都在空想，那麼白日夢永遠都不會成眞。

2025 / 賽普勒斯　拉納卡

出發前一直想要靠旅行找到未來的人生答案，後來才發現旅行只是一個經過，眞正讓我徹底從毫無自信的僞貴婦，變成不去旅行會死的自助背包客，不是那些人們口耳相傳的美麗風景，而是旅途上那些不斷折磨我身心的挫折；不是那些讓我賺取旅費的農場工作，而是教導我如何在異鄉生存的路人們。

流浪根本不需要學習，在路上自己就會爲夢想找到出路。

十年後

走出家門，就是旅行；面對未知，就是冒險；放下困惑，就是成長。

禮物

崩潰了一千次才知道，
原來那些不好的回憶，正是最珍貴的禮物。

回憶旅行初期，我不太敢講英文，對發音常常沒有把握，都要按著翻譯軟體，然後鼓起勇氣才吐出一個個單字，但後來我發現，那些外國人根本也沒在注重你的發音還有文法，但是他們需要你認真的溝通。即使自己英文差到一個境界，他們也可以在許多單字中，猜出我到底想表達些什麼。

就像在台灣我們去聽那些外國人說中文，儘管他們說得並非字正腔圓，文法也常常顛倒，我們也不會馬上糾正他們，而是會努力猜想他們到底想問什麼問題。換言之，我的情況也是如此，於是打破英文不好、不敢開口的恐懼之後，我就拿出所有會的英文單字，開始跟老外們盡情聊天，發現這樣默默地也可以聊上好幾個鐘頭。

2024 / 古巴 哈瓦那

期間我也不停的換陌生旅伴，畢竟在國外人生地不熟，總希望有人可以一起在旅程中互相扶持幫忙，於是我寧可遇到不合拍的旅伴，也不想獨自旅行。

但是大家來自四面八方、不同的生長環境，這些不合拍的旅伴一開始還能忍受個一兩個月，接下來我開始覺得是折磨。常常都要遷就旅伴的行程，去看我不想看的風景，遷就旅伴的感覺，影響我當下的心情，遷就旅伴的飲食習慣，吃那些我不愛的食物，遷就旅伴的購物心態，花那些我根本不必花的錢。

我很想一個人旅行，但是又害怕一個人旅行，直到我眞正踏上一個人旅行，才發現原來一個人的旅行並沒有想像中那麼寂寞。

因爲旅程太長，不可能規劃好所有旅程、找好所有旅伴，旅程後期常在沒有準備的狀況下，就到了下一個陌生的國度。不停迷路、不停掉東西、對金錢沒有觀念，會害怕到時常崩潰，甚至迷失了方向，最後只剩下我一個人。即使英文真的不好，但不能永遠當啞巴，只能努力學習溝通。

或許大家會覺得這樣的旅行很瘋狂，但那個當下，我卻真的在享受如此自在人生。

在旅行中才能徹底好好放鬆情緒，把那些在社會洗練後的壞脾氣放下，把工作上那些不愉快的情節都放淡，接受了生活本來就愚蠢、做事沒有計畫的自己，當我走得越遠，路程越來越長，也能感受自己越來越快樂。

學著在陌生的城市睡到自然醒，完全不趕行程。

學著在陌生的國度自然放空極限，反正也沒人認識我。

學著在陌生的角落認識新朋友，這些人會帶給自己全新的視野。

學著在陌生的餐桌上品嘗各種美味，原來人生不是只能有一種口味。

學著在陌生的環境中學習他們的文化，這個世界比自己想像豐富得多。

2016 / 日本 北海道

即使我有一萬個缺點不適合獨自旅行，但現在我已經不會害怕一個人，拿著背包有空就往世界去飛翔，英文依舊還是破爛無比，旅行的缺點從來沒有改善，但是已經不會害怕。

很多事情要走過才明白，崩潰了一千次才知道，原來那些不好的回憶，正是最珍貴的禮物。

每次旅行，就像把自己剝了一層皮，讓虛僞慢慢退化成坦然，最終找到眞實的自己；每次旅行，就像穿上了更鮮豔的外衣，讓生命故事越來越豐富，也放下過去的倔強。

十年後

外語不佳毋需自卑，眞實的溝通在於你知道我說的是什麼，我也瞭解你懂了就好。

fosta
ESTIVAL DE TEATRO ALTERNATIVO
2018
CASA BOLIVAR
TEATRO LA CANDELARIA
2-59
2-59
FUNDACION
CASA D LA CULTURA
CALLE D SAN MIGUEL DEL PRINCIPE
N° 2-59

Chapter 3

新自我新心情

旅行的意義不只是找自己，
還有找過去那些想不透的點點滴滴，
或許這就是成長的魅力，
隨著年紀我們會越來越懂自己，
學會愛上不完美，
更想為自己有智慧的活。

2018 / 哥倫比亞 波哥大

2025 / 賽普勒斯　拉納卡

傷痕

挫折，也是生命中重要的一部分，
努力切割一切，才是最徒勞無功的事情。

有時走偏了路，彷彿掉進無底深淵，不知不覺就想放棄一切。事實上，哪有這麼糟糕？多半都是不想去面對問題而已！我，三十拉警報的單身半熟女，嫁不出去，工作遇到瓶頸，旅行前的自己覺得是全天下最糟糕的人。

畢業後，空有一張白紙學歷，沒有背景也沒有能力。儘管如此，還是想靠著努力往上爬，只是現實比想像中還黑暗，有人無時無刻都工於心計，表面上對你笑臉，背後卻隨時發放暗箭。年資尚淺的我早就被別人計算成了墊腳石，可悲的是利用結束後就馬上直接被丟棄。

什麼壯志？什麼熱血？全都一一被清算，只留下一顆冷到底的決心，能生存就已經不容易，別再妄想成爲厲害的人。想著以前這個年紀父母都買房養孩子，而我連養活自己都成問題，面對未來有種無法前進跟後退的窘境。

戀愛後，把人生中最好的時光都給了他，也希望他可以給自己相同的回報，只是當想要的越多，愛情就會傷得越痛，當越感受到不公平，愛情的天秤也回不去。**花了好幾年的青春，換來漸行漸遠的感情，一心一意想走到紅毯的另一端，才明白有些事情眞的強求不來。**

天長地久？海枯石爛？在不愛了之後，全都像泡沫一樣瞬間消失，只留下一顆孤單又寂寞的靈魂。愛了這麼久，最後還是分手，那又算什麼？

好像永遠不會碰到一個對的人，過自己想要的生活，不管付出多少努力，最終都只是徒勞無功。

直到踏出舒適圈，用旅行走進陌生人的故事裡，才發現曾經自以爲是的努力多麼渺小。旅途上有人花一輩子的力氣在圓流浪者的夢想，有人遠渡重洋只爲了追求安身立命的所在，有人花光了所有家當只爲了完成生命中最後的遺願，有人七老八十還獨自揹著背包環遊世界……。

爲何我只在乎那些雞毛蒜皮的小事，主管辦公桌一拍，就覺得自己很無能；男友說不能陪我去旅行，就沮喪把自己關在房間裡；一個風吹草動彷彿就看做天崩地裂；一次跌倒就覺得永遠都爬不起來；一直在意別人看我的眼光，結果都忘記自己原本有多堅強。

2019 / 德國 國王湖

當我帶著這些旅途上的故事慢慢走回原來的世界，才發現每件不起眼的小事情，都不會是徒勞無功，那些過往的努力，一點一滴累積在我的生命，那些痛苦不安的回憶，都在旅程中慢慢消散。

我分享自己的工作，他們驚呼：「你好厲害喔！那一定很難吧！」而不是：「喔！這樣，賺很多錢嗎？」我幫每個路過的旅人在白紙上畫張卡通圖片留念，他們驚呼：「你是插畫家嗎？眞的可以靠街頭賣藝去賺旅費耶！」而不是：「你畫這些有前途嗎？」我幫每個參加派對的男女看手相，他們驚呼：「你是來自東方的女巫嗎？太神奇了！」而不是懷疑：「沒事學這些東西，唬人的吧?!」

以前習慣把很多不快樂埋藏在心底，把職場想得過於爾虞我詐，帶著僞善的面具去看身邊的人事物，也不小心過度武裝了自己。直到獨自旅行後，相遇的人們都太善良，他們眞心跟我分享生命中的一切，才明白不管是好是壞，都是人生旅程的一部分。

我們交換彼此故事，也互相救贖彼此的靈魂，聊起彼此的夢想，甚至預約彼此的未來。在澳洲有個男孩告訴我，他結束打工度假之後就要去紐約學跳踢踏舞，想成為一流的舞者，我告訴他想在三十五歲前開一間咖啡館，然後會在裡面準備一個舞台，讓他有機會來表演。

或許別人看這趟旅行似乎像是逃跑，對於人生並沒有任何幫助。但途中我一直在跟過去那個茫然想逃避夢想的自己相遇，開始了解為何那時只想著逃跑，為何覺得做任何努力都徒勞無功，才發現夢想不會逃跑，逃走的往往只有自己。

挫折，也是生命中的一部分，努力切割一切，其實才是最徒勞無功的事情。

十年後

跌倒了就爬起來，累了就休息，哭過就擦乾眼淚，不再內耗，接受不完美，一切都會過去的。

慢慢走

當這個世界越荒謬，你就越要堅定初衷。初衷是什麼？那個驅使你改變的念頭。

遠行難嗎？很難。

獨行難嗎？我從來沒想過。

能辦得到嗎？一萬個疑問在質疑著自己。

原本以為阻擋自己最大的是家人或是朋友，最終發現原來是那個膽小又脆弱的自己。

想為人生做些不同的改變，於是我放棄了下班後泡在連續劇裡面的生活，拒絕了一些不必要的約會跟聚餐，把剩下的時間交給寫作跟旅行，也不在乎臉上的細紋黑斑，還有穿著時尚的必要。因為能擁有的就是當下，能改變的也只有當下。

朋友問：「你去旅行，有錢可以賺嗎？」我微笑搖搖頭。朋友說：「很羨慕你，身邊已經很少勇敢去完成夢想的人。」我勇敢嗎？我給自己打了一個問號，我只是繼續做自己喜歡的事情，甚至想要把工作辭掉。

旅行前，我活在沒有靈魂的軀殼中；旅行回來，我是裝載太多夢想無法實現的沮喪靈魂。沉澱後，我確信有能量改變原來枯燥乏味的生活，並帶給更多人勇氣去尋找自己。

世界並不會因爲我的旅行而有所改變，但持續的改變也有撼動世界的可能。或許接續的旅程注定孤獨，但想起了曾經看過的風景，我是這麼喜歡旅行中的每一個自己，那也更該認眞看待那些旅途中未完成的夢想才是。

沒有人了解我，就用文字去記載這段過程。

沒有人支持我，就用行動去走下一段旅程。

沒有人看好我，就用生命去活出想要的人生。

面對旁人的質疑有了淡然如水的心態，面對夢想有著微笑的期待，雖然我步行緩慢，但不代表放棄「改變」這件事情。因爲我更相信旅途中有位女孩分享給我的一句話：「慢慢走，其實比較快：你想要的，歲月都會給你。」

2019 / 亞美尼亞 蓋加爾德修道院

旅行後的自己：

改變的不是外在是內心，我變得無比堅強還有獨立。
改變的不是眼光是深度，看事情的角度變得更多元。
改變的不是興趣是內容，選擇對自己重要不是享受。
改變的不是習慣是堅持，知道人生就是一段旅程，
走在自己覺得對的路上，就可以不後悔。

十年後

能讓一個人原地徘徊的踏出泥濘，我就感到功德無量。

2017 / 印度 拉賈斯坦邦 烏代浦

初衷

我的富有人生由夢想定義，
而且我已經走出去，就不會再回頭。

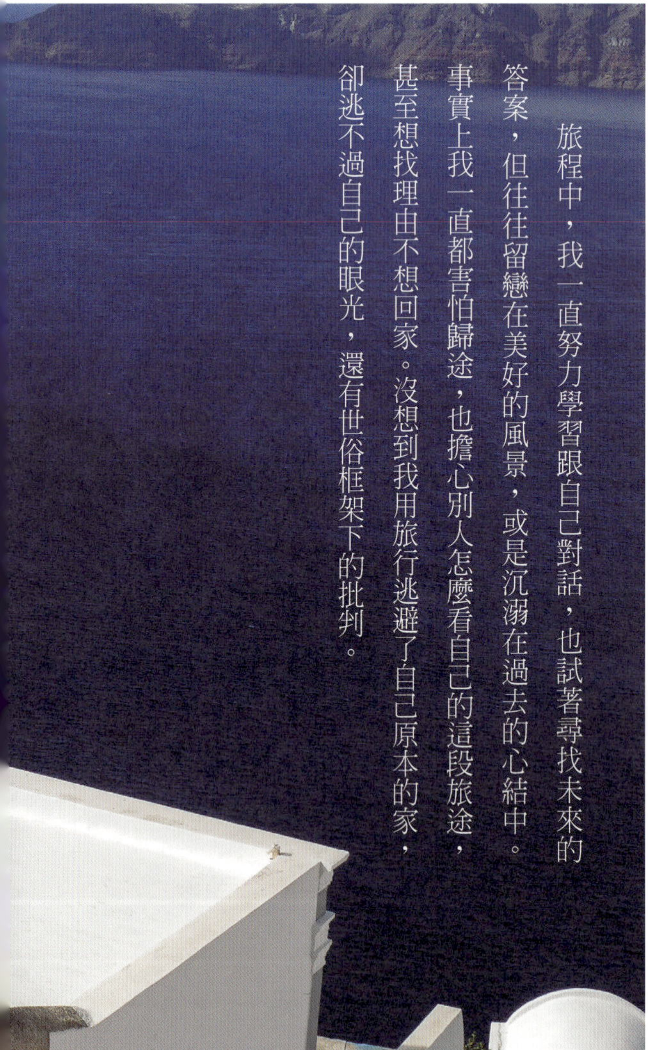

旅程中，我一直努力學習跟自己對話，也試著尋找未來的答案，但往往留戀在美好的風景，或是沉溺在過去的心結中。事實上我一直都害怕歸途，也擔心別人怎麼看自己的這段旅途，甚至想找理由不想回家。沒想到我用旅行逃避了自己原本的家，卻逃不過自己的眼光，還有世俗框架下的批判。

2016 / 希臘　聖托里尼島

2011 / 紐西蘭 內皮爾

以為買了一張機票或是訂了旅程，就可以讓自己變成另外一個人，結果空蕩蕩的機場，只剩下我站在原處。想要回頭也沒有歸路，原來開心也只有在飛機抵達的那刻。

我告訴自己：「能走多遠就走多遠，好嗎？」試著放下了心中所有的疑慮，但每晚數著荷包的錢時，都要深吸一口氣，原來旅行也很現實，尤其在你眞的快要沒有任何旅費的時候。

旅行中越是碰到跨不過的挫折，我就越想家。

旅行中越是碰到過不了的關卡，我就越想家。

旅行中越是感到無助走不下去，我就越想家。

我告訴自己：「眞的走不下去就回家！好嗎？」過去無所不用其極想要逃離的地方，卻在數千萬公里遠一直呼喚我：「沒關係！累了就回家。」「沒關係！至少你還有家。」才明白家的意義不只是提供暖食、避風雨，而是最深層的牽絆。

走得越遠看得越廣，身邊的人來來去去像是演電影，護照上蓋滿了各式各樣的出入境章，每到新的城市還是會興奮，但是隔天就像極了當地生活的民衆，在巷弄四處走走停停；面對分離已經學會不掉眼淚，也常常轉身沒計畫就到下一個路口，面對明天還是有所期待，只是內心還是有一個空缺。

我告訴自己：「至少走的每一步都很眞實，而且過程從沒有欺騙過自己！」

我總是告訴自己：

「不要忘記初衷，爲何離開；不要忘記旅程，爲何回來。不要忘記沮喪，爲何堅強；不要忘記崩潰，爲何微笑。」

平凡如我，一路走來跌跌撞撞，卻也從沒想過放棄，就是一點一滴去累積旅程，做夢的勇氣。

如果你也懷疑現在所追逐不是自己想要的生活，那麼就請離開原本的舒適圈，去體驗不一樣的生活方式，你會發現遠方最美的不是風景，是找到活得舒坦的自己。富有人生的價值不是盲目去追逐永遠觸碰不到的雲朵，而是眞實站在夢想的道路上。

十年後

把夢想活成了現實，現實卻從未背離初衷，這就是我的富有價值。

港口

所以人長大了，就要開始學會去流浪，
在不同的港口間，找一個屬於自己的家。

流浪，像沒根的浮萍如此淒涼；回家，曾經是朝思暮想的夢想，原本以爲回了家、歸了港，流浪的念頭就會消失得無影無蹤，沒想到家已經不是家，而是另外一個思念的港口。

是的，床還在那，櫃子裡面的衣服沒有少一件，就連開門的人笑容都沒變，歸來擁抱完後，口中談論著沸沸揚揚的新聞時事，罵著社會的不公不義，原本屬於這裡的我，也變得陌生。

好熟悉的街道，變得令人徬徨，不知道該隨之起舞謾罵，還是關上房門回到旅行的記憶中躲藏。

2025 / 馬爾他 瓦萊塔

情緒突然間凝結成冰，時間凍結在過去，從來沒想過最遠的歸途不是現在，是回到原本熟悉的自己。

小時候總依賴著爸媽，期待一輩子就在父母的厚愛下長大；念書後想去大城市生活，看看燈火霓虹間是否如書上所說，繁華到令人隨時墮落；工作之後開始想回家，面對孤獨的牆壁，才發現身邊有碎念的家人真好；於是打包行囊搬回住家，在附近找了工作想穩定平凡過生活，一轉眼就這樣平淡過了好幾年。

家的確是世界上最棒的舒適圈，遮風擋雨還不需要付房租，打開冰箱就有無限供應的食物任取用，安逸的這幾年也把自己寵到什麼地方都不想去不敢去，演變成讓靈魂原地消失的地方。

我彷佛生活在不會迷路的迷霧叢林中，身體的四肢被現實藤蔓牢牢綁得無法動彈，每當閉上眼後充滿對未來的恐懼，好怕一輩子就這樣活這樣過，突然間收音機傳來一首歌，聽著、哼著，淚也滑落……。

歌詞是這樣唱的：

「讓自己衝動，去犯錯，去撞得頭破血流。

離開我，去找我，和我欠我自己的承諾。」

是啊！一直以來都明白自己還有夢，但留在原地繼續同樣的生活，就如同把希望的種子埋落在封閉的水泥中。如果要讓心跳再一次悸動，離開是一種必要的手段，畢竟溫室的花朵看不見外面眞實的天空，必須爲自己再冒險一次，即使可能失去所有。

幾許掙扎，收拾了行囊，訂了單程機票，飛到幾千公里外的陌生國度，選擇一個人重新面對生活，才發現家把我保護得太好，眞實出走才會明白已無退路，唯有切斷臍帶，才會逼迫自己一夜長大。

旅行中我承載了三十年的夢想，一路在陌生城市中跌跌撞撞，語言不通、迷迷糊糊、走了好多冤枉路，一句不甘心把所有挫折往肚裡吞，徒步走過高山，也跨越過大海，即使雙手雙腳傷痕累累也堅持走完整段旅程，帶來的三十公斤行李換成了沉重背包，也把過去那個舒適圈的僞貴婦徹底打回單純又原始的女孩，除此之外也只剩下勇敢，長大後第一次這麼誠實的面對自己還有未來。

在最窮困的時候點燃希望的燈火，在最淒涼的時候許下未來的承諾，接續的人生因爲旅行重新燃起夢想，卻在歸來後開始懷疑旅行的初衷。

2017 / 葡萄牙 波多

本以爲踏上了歸途，回到了家，就可以不用繼續漂泊；本以爲找到方向，就可以開始重新的生活，不再回到過往迷失的路口，最終才發現家也只是一個港口，不過是讓你可以停泊比較久的港口。

夢想不會在歸來之後就沉默，血液的溫度不該爲了適應過去而變得冷漠，我開始明白自己的特別跟不同，面對家的疏離感，更明白人生爲何一定有一次流浪。

沒有走過世界的人，不知道原來家這麼小，
沒有經歷貧窮的人，不知道原來自己多富有，
沒有踩在夢想這條路上過，不知道原來自己可以如此勇敢堅強。

家可以是避風港，但我們不能永遠都是躲在避風港裡面的小船，生命的精采在於這艘船裝載了多少夢想，盡情在世界不同的航道衝刺冒險。每一次的出航都是生命養分的累積，每個路過的港口都可能是未來的停泊站，

每一個遇見的人都可能是改變你生命的轉捩點。

所以人長大了，就要開始學會去流浪，

在不同的港口間，找一個屬於自己的家。

不要害怕一個人不能流浪，或許路上你會遇見一個人，然後陪伴你找到最適合生活的港口，也可能是讓你有歸屬感的家。

十年後

流浪久了才會明白有家能回，有熟悉的床能睡，有親人能擁抱，有三五知己有熱菜等著你，那眞是世界上最平凡的幸福。

一種浪漫

「再不走，就老了！」這不是一句恐嚇的台詞，是旅行回來後真真切切的感受。

三十歲才開始當背包客的我，常常腦中都會閃過一個念頭，那就是「再不走，我就老了！」

旅途上遇過許多七老八十的外國背包客，有些人一輩子都是單身，有些人年輕時候就走遍世界各國，他們唯一的共同點就是心懷天下，而且不認爲年紀可以阻擋繼續旅行。

說眞的，我並沒有自信在這樣年紀還能獨自出來旅行。雖然眼角泛著淚光欽佩這些人，也明白這樣的勇氣絕非一朝一夕，而是經過日積月累、滴水穿石的智慧才能讓他們勇者無懼。選擇離開在故鄉安樂享老的退休生活，毅然走上日暮人生的旅途，或許下一站就是死亡，但在死亡前還能極盡的享受世界帶給自己的感動，那也不失是一種浪漫。

而我，還是太嫩了！以現在的年紀來說，就像卡在半山腰的懸崖，上也不是，下也不去。我好想要那個永無止境的時間，在最美的季節去看見傳說中的風景；我好想要把生命最好的一切浪費在旅途上，不想成爲日漸疲乏的生活機器。

但是三十歲後的現實根本就是個大泥坑，一旦踏進去就很難脫身，那些曾經說著要一起改變世界的人，一個一個被現實淘汰。

「對不起，我剛換工作，沒有休假，無法離開。」

「對不起，我剛買房，現在扛房貸，手頭很緊。」

「對不起，我現在有家庭，有小孩要養。」

「對不起，家中長輩生病，需要在旁邊照顧他們。」

聽了無數的對不起，也明白時間的殘酷不是因爲我們老了，而是因爲有太多的事情是我們這一代無法自己決定，夢想這條路上，走到底原來是孤獨，或許每個人要的初衷都很簡單、也很純粹，但經過歲月的洗禮，臉上的皺紋，眼神的滄桑，疲憊的身軀，我想再不出發，自己也將被夢想淘汰了吧！

「再不走，就老了！」不是一句恐嚇的台詞，是旅行回來後眞眞切切的感受。

或許青春時期就該向那未知的旅途出發，但我無法悔恨過去，也無法一直活在追憶旅途的人生，更無法預期未來是否眞正能活到老走到老。

2017 / 埃及 黑白沙漠

人生能把握的只有當下。**那些曾有的輝煌總有一天都會變成塵土，那些拚命給意見、左右你的人，並不能眞正爲你的人生負責，那些把你推向痛苦深淵的人們，一個轉身都會漸漸消失**。那爲什麼不趁著自己還有力氣，還有能力，還不需要跟夢想說對不起的時候，就從平坦的山丘一路回到那蜿蜒又崎嶇的山坡，就算會累會跌到，會一無所有，總比現在什麼都有，卻什麼都不想要來得好多了。

決定在人海中逆向而行，泥坑裡面掙扎，看似是一件傻事。但內心明白再不走，也不會有再有那個勇氣離開現在。

是啊！再不走，我們都老了！

十年後

再不走，體能跟不上野心，再不走，荷包也跟不上物價通膨。

2024 / 德國　國王湖

單身

依然單身，是為了想找到那個不想放手的人。

旅行回來後的兩年，我依然單身。

身邊不乏追求者，也有更多的機會去認識形形色色的人，那些男孩喜歡我的獨立，他們也比我想像中優秀出衆，但卻沒辦法讓我託付終生。總有人勸我挑男孩的眼光別太高，這樣會找不到對象，也叫我盡快找個合適的人選，最好可以馬上步入禮堂。

我對愛情並沒有死心，也期待有人疼愛，聽到廣播傳來最愛的那首情歌，還是會怦然心動；看到電影上情人分離，也會哭得唏哩嘩啦；偶爾夜深人靜的時候，也希望旁邊坐著一個能跟我講心事的人；脆弱無助的時候，

2024 / 摩洛哥 舍夫沙萬

有人能給我擁抱。但那麼一瞬間，我就會從需要、被寵愛的角色驚醒，一眨眼看穿了現實。

人一旦活過了某個年紀，或是曾經在兩人世界中跌倒受傷，已經沒有辦法將愛情看得死心蹋地，儘管傷口會隨著時間慢慢痊癒，也明白寂寞不是一個擁抱或是幾句甜言蜜語就能撫平，往往最痛的是愛人在身邊，卻不在意你任何感受。

沒有人有義務愛上另一個人後就要喪失自己，所以病了要去看醫生，痛了要去找藥吃，我必須先照顧好自己，才能照顧別人，於是依然單身。

2023 / 納米比亞 納米比沙漠保留地

生活中遇見不少讓自己怦然心動的男孩，你喜歡他的幽默，也佩服他的勇氣，但不見得是適合自己的伴侶。會考慮很多事情，也懷疑是否盲目在某一個特質中，卻忘記看見全部。寧可在遠處靜靜的欣賞，就像是在台下看了一齣好戲，戲演完了就收拾自己的衣物轉身離去。

偶然聽見男孩叫住你的聲音，但沒有勇氣回頭確認，怕轉過身看見他跟別人在一起，那幸福的模樣會教我無法自己。

三十歲後的單身女性，往往自在的令人羨慕，
只是你們不知道這樣的單身是用習慣孤獨去換來，
不是不愛，是膽怯愛；不是不嫁，是怕嫁不好連自己都失去。
單身，看的世界比較廣闊，想去哪裡就去哪裡，沒人攔得住。
單身，可以走得比較快，也隨時可以停下來，沒有人會催促你，也不會有人拉著你。

單身，是為了找一個讓自己不想放手的人，就像我不想放棄旅行一樣。

出發前，長途旅行是我的夢想，我告訴父母：「等我實現夢想後，就順著你們的心願結婚生子去。」但是歸來後，發現旅行不是夢想，活得自在才是未來想要的模樣。

我不想放棄旅行中那個愛笑又愛哭的自己，不想放棄人生還有各式各樣的可能會發生，好多冒險等著我闖蕩，好多旅途的夢想還沒去實現，到底我要選擇終結單身？還是終結夢想？於是兩年後，我依舊單身。

我並沒放棄去遇到一個喜歡的人，就像旅行艱困時，不管路途多崎嶇危險都想走下去。

或許會有一個人看見自己的真心，在怦然心動後，握住手就不放開，能一同翱翔還有陪伴生活，從此不再眷戀單身。

十年後

總有人來羨慕我單身，在見識各種人性相處的黑暗，好像也沒有理由非要找一個人相伴相依相折磨。

2019/ 伊朗　卡尚

結婚

其實結婚是讓以後更好，沒有讓未來更好的理由，我不結婚。

每次只要家裡來了長輩，跟爸媽說了一些話，原本避談終生大事的他們，就開始顯得有點按捺不住，媽媽一個眼神看過來，我知道她接下來要說什麼。爸爸不好意思說，但是喝了酒後說的全都是真心話，「趕快結婚，好嗎？」

超過三十歲的年紀，像流沙突然卡在沙漏中間的通道，不結婚像是一個腫瘤，讓所有人感覺不舒服，他們想問：「你怎麼了？」開始懷疑女兒性向是否正常，他們擔心未來以後，但沒有人關心我接下來想做什麼！

「這個年紀，該結婚的。你看看身邊哪個人不結婚呢？」

2025 / 中國 北京

從來沒交往過的小華透過家人介紹，認識了一表人才的阿達，兩個人從相親交往到進入禮堂，不到半年光景，隔年就抱著哭鬧的嬰兒，開心地拍著全家福。

交往多年的莉莉跟阿明，兩人不急著進入禮堂，卻急壞了身邊的家人跟朋友，不管去哪總是被問：「幾時喝喜酒？」於是也默默開始規劃屬於他們的以後。

失戀的阿寶在準備結婚前，被女友狠狠的拋棄。前女友離開後就馬上投入另外一個人的懷抱，對他打擊大到不行。於是半年內相親無數次，直到遇到小娜，幫女孩套上婚戒的那天，終於看到他許久不見的笑容。

「感情不是猛獸，結婚也不是。」

當身邊所有的人都在前仆後繼跳入婚姻的牢籠，我有什麼資格不跳?!

或許有很多人認爲，不結婚的人在感情中一定有段難以忘懷的傷痛，**讓**人不敢輕易碰觸婚姻這個議題，但對我來說完全沒有這個懸念。

我雖談過失敗的戀愛，但沒有傷痛到食不下嚥，離開也是自己的選擇，只覺得該從痛苦中解脫，希望下次不要再犯同樣的錯。原來**把自己綁在一段不幸福的感情裡，就像在沒有出口的隧道，一直找尋光源期待奇蹟出現，但只會換得雙手傷痕累累**。

我不羨慕小華，可以跟著不認識的陌生男子馬上結婚生子。

我不像莉莉有個交往很久的阿明，可以隨時拿出來當婚姻的擋箭牌。

我不是阿寶，急著分手後馬上要找下個陪伴他走一生的人。

我是我，想在婚姻的門口靜靜站著、觀察著、然後等著，等著有一個人突然在我面前跌倒，然後我扶起了他，兩個人都笑了！就一起進去了。

2024 / 中國 新疆 塞里木湖

「先學會愛自己，不要急著結婚。」

我並沒有不相信愛情，更沒有要抱著獨身天荒地老的想法，只是不想因爲「婚姻」這兩個字，還有那一群不相干人的眼光，而走入了一段不幸福的下半輩子。

過慣了一個人的生活，其實大部分不寂寞！一個人吃飯、一個人逛街、一個人訂了機票，想去哪裡就去哪裡！像是飛在天空中的小鳥，自在的遨遊飛翔。

沒有預期路上會遇到誰，每個路過的人都可以成爲夥伴，這個世界很寬廣，一個人生活也很精采。沒有一定要手牽著誰，不然就活不下去的理論。

結婚之前，先了解自己，學會愛自己，清楚什麼樣的生活會讓你開心，清楚你的未來會在哪裡，或許婚姻就不會是牢籠，是另外一個讓你更舒心的天堂。

找一個人相愛之前，我不結婚。

結婚是讓以後更好，沒有讓未來更好的理由，我不結婚。

十年後

原以為不結婚的是異類，後來發現身邊都是過得很好的異類，那麼當個舒服自在的異類，有何不可？

Chapter 4

夢想無限前行

愛，不只是談情説愛而已，
當自己能奉獻愛給需要的人，
你會發現，
原來自己也充滿了勇氣跟力量。
謝謝旅行，
讓我找回對生活的愛與熱情。

2016 / 緬甸　蒲甘

2018 / 北韓　元山

再見

生命不只在於那段流浪日子，別忘了為什麼離開，為什麼回來，為什麼義無反顧。

歸來也請別放棄繼續精采的人生！努力把每一天活得多采多姿，不放棄讓自己變好的機會。或許我們沒辦法決定明天會變得怎樣，也永遠不會知道現在做的這些事情，對於未來有什麼用處，但我可以決定自己下一秒的人生該往哪裡走，面對那一段義無反顧的出走旅程，我很感恩選擇活在當下。

偶爾我會回想「如果那一年我決定重考，會不會現在已經是個服裝設計師？」、「如果那一年我決定去某家廣告公司實習，現在會不會是一流的公關經理？」、「如果那一年我跑去國外當交換學生，那我會不會有個外國男朋友？」、「如果那一年我鼓起勇氣向那個男孩告白，那麼是否我已經有了家庭跟小孩？」

時間本身就是個殘酷的遊戲，我沒有那一年，也回不去那一年。那些曾經在生命中認爲極度重要的人，早已經離開我的生活圈，或許我曾經暗戀某人愛到死去活來，或許我曾經期待成爲某個職場的女強人，人事已非多年後若還眷戀著過去，那又怎麼能爲自己開創新的一頁呢？

每遇見一個人，每轉身說再見，可能就是不見。

每看過路上的美景，每轉身往前走，以後可能就再也不見。

也明白，沒有非駐留不可的景點，非守住不能放的感情。

對過去說再見，才能看見更多不一樣的風景。

2018 / 美國 大峽谷

時間是歸來旅人病最好的良藥，漸漸讓你看清楚自己的能耐跟力量，有些時候夢想不一定要馬上達成，儲備好能量之後，它會在路途的另外一邊等你抵達。

開始學會放慢步調，學著跟未來對話，一趟旅程的改變往往不是在歸來的當下，而是歷經時間的衝擊，慢慢歸納出適合你走的路。

慢慢走其實比較快，歲月會給你想要的一切，只要確定踏實的走在你想要的道路上，認眞的再次活在當下，我相信未來每一天都是改變的開始，每一個願望都是持續努力的動力，每一次的流浪，都會成爲人生中最重要的養分。

旅行教我學著往前看，是時候跟過去說再見，從跌倒中爬起，沒有什麼過不去，新的一天永遠都在等著自己去創造更好的回憶。把那些牽絆自己的回憶完整收納在心裡，剩下的全是現在跟明天而已。

2022 / 馬來西亞 馬六甲

或許我們無法改變世界，改變時間，
但我們都有能力改變自己，學著活得更快樂一些。

十年後

每天醒來第一件事情，就是照鏡子，微笑，然後謝謝自己還活著。

知足

真實的快樂到底是什麼？要怎麼樣才能跟他們一樣快樂？
在過往的好幾年中，我都一直在複製別人的快樂。

小時候的快樂，就像手中的棉花糖，一咬下去就會樂開懷。長大後的快樂像是天邊的雲朵，離得好遠，追逐著它的腳步往往要歷經烈陽、狂風。原本以爲雙手已經牢牢抓住了這片雲朵，但沒兩下子又消失無蹤，是追逐的方向錯誤？還是這個世上根本不存在永恆的快樂？

「出走好不好？」事實上沒有一定答案，離開也無法給予任何關於未來的正確解答，但卻可以在不同轉換的風景裡，透過各式各樣旅人的生活經驗，找到喜歡活著的方式。

2018 / 烏拉圭 克羅尼亞

2024 / 羅馬尼亞 錫比烏

決定獨自去旅行，就是找回自己的一段路程，去反思爲什麼過去把自己弄得光鮮亮麗，卻始終無法放心大笑的原因，去拋棄那些傳統的競賽項目，學著專注把眼前的生活過好。

以前總在乎是遇不到對的人嗎？還是總是找錯了工作？還是根本沒有人愛過我？才發現一直在追逐不屬於自己的果實，太強求結果的好壞，所以把原本的人生打了無數死結。太在意分數，太在意別人、太在意社會的眼光、太在意自己現在到底好還是不好？其實這根本不重要。

如果問我旅行中什麼東西最好吃，我會跟你說：「餓的時候最好吃。」如果問我旅行中什麼時候最危險，我會跟你說：「覺得快要死的時候最危險。」如果問我旅行中什麼時候最開心，我會跟你說：「吃飯時，老闆多送我一顆滷蛋的時候最開心。」如果問我旅行中最喜歡哪個國家？我會跟你說：「台灣。」

旅行的時候才明白，其實人要的不多，很簡單！旅行的時候才發現，其實快樂就是做自己喜歡的事情，走自己想要的路途。

盡量活得很當地，吃得很隨便，雖然口袋空的不像話，身上衣服也沒洗乾淨，但一定要玩得很瘋狂，旅途沒有行程規劃，也沒有名酒佳餚，每一步路途都是自己的選擇。

於是我在檢視了當下的人生，簡單平靜、心情輕鬆、內心愉快、無欲無求，這不就是一直大家都在追求的人生嗎？才明白對我來說富有人生就是現在。

單純爲自己去旅行，從來都沒想未來過會過什麼樣的生活，卻因爲路上的風景跟人事物，讓我開始慢慢去想「富有人生」的價值該是什麼？

錢，夠用就好！日子，能隨心所欲簡單過，就好。

找到自己喜歡做的事情，願意讓你去付出的愛情，知足當下，就能擁有眞實的快樂。

或許會有人說：「等你老了才知道後悔！」

但是我很想說：「至少我現在就不後悔！」

不是非要每個人都踏上跟我相同的旅途，但如果你能提起勇氣，跟我一樣踏上追逐夢想的旅途，你才能明白，爲什麼一旦染上旅行的癮，即便再窮也要去旅行。

十年後

認清自己沒有賺大錢的本事，投資理財的運氣，在能力範圍賺多少錢，就走多少路，走著走著，坎坷路也能走成一條花路。

2012 / 澳洲

歸途

真正的旅行，在歸來才開始。

長途旅行的人，在路上最常被陌生人問到的幾個問題，除了「你來自哪個國家？」以及「接下來要去哪裡旅行？」之外，比較深入的問題就是「你爲何離開？」還有「回家後想做什麼？」之前我不太明白後兩個問題的含意，後來才釐清一個是原因，一個是結果，旅行則是過程。

沒錯，旅行的本身就是找答案的過程；也是讓離開原因導向到歸來夢想最大的變數。在途中遇見的人事物，都可能成爲改變未來重要的轉捩點。

或許你從來沒想過自己可以成爲廚師，但是在陌生的國家開啓自己做菜的天分；或許你從來沒想過自己變成作家，但旅途中你愛上了閱讀以及撰寫文字；或許你從來沒想過眞的成為畫家，但是每個旅途擦肩而過的人，都對於你的藝術天分讚賞不已，甚至還有人出錢買下你的畫作。

是的，旅行的「過程」總是會讓人感到不可思議，透過完全不一樣的人事物交流後，更可以輕易發掘不一樣的自己。原來這個世界不是每個人看到單身，就叫你趕快娶妻生子、沒工作後趕快找工作、沒錢也要趕快買房子，而是叫你停下來聽聽自己內心的聲音，同時分享旅途中他們對於夢想的渴望。

旅人，也是夢想的傳遞者。

不管你帶著什麼樣的疑惑抵達陌生的國度，煩惱在脫離現實的水缸後，也將慢慢如魅影般纏繞著你，內心中微弱的聲音，會慢慢混合來自四面八方旅人的故事，衍生出另一種夢想的形狀，沒錯！最終你找回了另外一個自己。

所以有人問我為何要去旅行，我會毫不考慮的說：「找尋另外一個自己。」

但過程中卻很怕旅人問我：「回家之後你要做什麼？」

放下了一切跑去走一趟沒有歸期的旅程，然後盡情的在陌生的國度中追逐自己的影子，在疑惑中找尋夢想的輪廓，在思念中找回家的路，只是家的背後是現實，現實的存在就是我一直想逃離的困境，旅程的後期對於「回家」兩個字非常迷惑。

因為時間到了嗎？內心根本不想停下腳步去探索世界每一個角落。

因為口袋沒錢嗎？其實戶頭還有一半的資金放在銀行裡。

因為想家了嗎？絕大部分是因為如此，但是我不害怕回到家，卻怕回到過去那個沒有靈魂的自己。

2016 / 緬甸 仰光

出走前我用盡全力氣把自己拋出現實的框架，在旅途中花了很多時間才敢跟陌生人聊起「歸途的夢想」。發現過去自己太過壓抑，對未來也過度悲觀，總是習慣走別人鋪好的道路，直到這群旅人用他們的故事打破心房，我才慢慢試著觸碰夢想的形狀，但也害怕野心被挑起之後，欲望會吞噬自己，然後摧毀原本的人生。

三十歲的年紀，已經不是剛出社會那個天不怕、地不驚的初生之犢，明白**眞實的人生不像旅行這麼簡單，當夢想的種子套入現實的土壤中，到底是起光合作用長出美麗的花朵？還是種子脫離了肥沃土壤，等著自行憔悴？**想到就令人害怕。於是歸來後，我壓抑著旅途的夢想，回到原本的軌道，繼續朝九晚五的上班族生活，但不甘心讓那些旅行美好的承諾，只能收納記憶中。

好多次，一個人看著大海想念去潛水。
好多次，一個人望著星空想念天際線。
好多次，看著空的紅酒瓶想念旅伴們喝酒作樂的歡笑。
好多次，都在想到底是壯遊困住了自己，還是不想對未來認輸。

旅行歸來的自己，有時候比過去那個沒有靈魂、行屍走肉的我還要難以理解。

於是在現實生活的縫隙裡面找陽光，不停趁工作空檔四處旅行，剩餘的時間用文字書寫每個不安的瞬間，即使離夢想還有一萬哩的距離，也不想讓舒適圈再度困住自己。以前以追求著穩定高品質的生活爲藍圖，但現在無時無刻都想回到旅途中那個自在的生活，旅行歸來的自己，有時候比過去那個整天哀怨生活大小事的我，更加難以說服。

最終確認我的未來不在現在的軌道上，那就用盡力氣再次脫軌吧！去做別人不看好的事情，拚命寫充滿力量的文字，嘗試跟不同領域的陌生人聊旅行、在不同城市辦旅遊講座，內心很清楚如果不能大步朝向旅途的夢前進，那將比行屍走肉的活著還要痛苦。

原來夢想這條路，不是只有在旅行中才能眞實感受，而是在旅歸後的分分秒秒在警惕自己，一旦放棄與現實抗衡，就只能回到原本的困境，一旦放棄了眞實的自己，就只能走別人鋪好的道路。

眞正的旅行應該在歸來後，想盡辦法去實現旅途中的夢。

如果你不試著將自己推在夢想的跟前，眞的無法親身的了解它眞實存在人生中。

十年後

我仍然努力在實現旅途中的夢想，妄想直到走不動爲止。

2019 / 荷蘭 贊丹

轉變

這個世界沒有到不了的地方，只有你不敢去的地方。

某天，跟認識多年的朋友敘舊，聊聊我們的過去，還有未來面對的問題，他告訴我又準備換工作，還有兩夫妻在台北買房大不易的苦水。言談中，發現自己的不一樣，除了面對單身的問題外，事實上我並沒有太多的苦水可以吐，反而有著滿腔抱負準備實踐，這在同輩中顯得格外特立獨行。

以前出國旅行是天價，現在受惠於廉價航空，出國可能比在台灣當地旅行還要經濟實惠，而且當你發現國外一個月的生活費，可能比台灣一週的吃喝玩樂還便宜時，我決定把積蓄投資在旅行跟夢想上。

當我已經有目標去過自己想要的生活，再多的資產對我來說，其實也帶不進棺材，所以我選擇不隨波逐流，不跑特價周年慶，不購買奢侈名牌物，也不吃昂貴的大餐，但堅持讓賺來的每一分錢都能投資在未來的夢想上，相信這些快樂足以讓自己過足二十年幸福的時光。

當然我也碰到很多人問「那你老了以後呢？未來呢？這樣的人生會不會完整？」諸如此類的疑惑，但如果你的一生從來沒有追逐過夢想，老了怎麼可能會有夢想，雖然我薪水不多，但至少養得活自己。**金錢多寡可以決定生活品質的高低，但卻不能買斷對未來的想像**。

這個社會一直都是弱肉強食的型態，

沒有穩定收入工作，失敗。

沒有嫁人娶妻生子，失敗。

沒有爬到一定的階層，失敗。

當初想要辭掉工作出走，的確是對於當下生活的不滿，不過旅行過後，確實重新改寫未來人生的視野，並給予我更多做夢的勇氣。雖然歸來後，勇氣跟現實並不會馬上起光合作用，但仍潛藏且持續影響著我。我終於明白自己無法繼續活在一半旅人、一半工人的一廂情願裡，於是再度請辭原本的工作。我很清楚，現在不會是我未來想要的模樣，如果現在我不選擇改變，那麼之後會害怕改變，如果我從來沒有去設想自己的未來會長什麼模樣，那麼我永遠都到不了那個地方。

旅人，也應該是改變者。

想想當初爲何會出走，其實就是討厭過去那個一直妥協的自己，妥協到沒有夢想，沒有未來，生活的每一分一秒都是浪費。因爲選擇改變，才選擇出走。

所以旅者，也是改變者，回來也可以當改變現狀的一分子。

我們都能勇於改變自己的人生，爲什麼不能回來改變原本的生活，如果只是沉醉在過去旅途的美好裡，或是失落在跟現實的差距中，那爲什麼不起而行來改變這個自己認爲畸形的社會型態。

這個世界沒有到不了的地方，只有你不敢去的地方。

眞正旅行應該在歸來後，改變原來的生活，也是一趟很棒的冒險旅程。爲自己變成一個更酷的人，而不是爲別人變成行屍走肉的人。

我的夢想，三十五歲前就退休。寫更多文字，開間屬於自己的咖啡書店，不一定要嫁人，但一定要學會過好自己的幸福。

十年後

曾經我很認眞想開一間店，直到有人告訴我：你開咖啡廳的錢可以喝一輩子的咖啡，你開書店可以買下一整個房子的書店。最終，我決定把所有的錢都花在旅行，在從旅行中賺取下一趟旅費，跳脫框架，才發現賺錢有很多模式，生活也是。

2022 / 捷克 布拉格

種子

原來旅行不一定要走出去，也可以讓人走進來，地球是圓的，相信有緣分的人，最終還是會相遇。

歸來後我開始第一次的搭便車環島；若有出差機會，就一個人開著車進行公路旅行，偶爾在旅途上會認識來自國外的旅人，從他們背後的身影找到當初流浪的影子。

如果有人站在路口不知道方向，我會立即用心幫他們指引路程或是順手拍照；如果有人需要我幫忙介紹古蹟，我不吝嗇時間去爲他們做文化導覽。如果摩托車後面多了一個空位，我會邀請他們要不要與我同行。畢竟在過往的旅程中，看過了無數美麗的景緻，但最令我銘感五內的，卻是旅程中幫助我的每一個人。**當旅人的手已經承滿了感恩之情，那下一步就是把這些感恩的種子，努力的散發出去。**

2025 / 馬爾他 瓦萊塔

2024 / 保加利亞　普羅夫迪夫

在分開前我告訴他們，「如果在這塊土地上，有任何需要幫忙之處，都可以聯絡我」，我試著對陌生人做出大膽的邀約，出乎意料的是每個人幾乎都欣然答應！沒想到眞的有幾個人就陸續聯繫了我，我也樂意幫他們指點迷津，甚至有人問我住宿問題，我還大膽的直接邀請這些旅人到家中住宿一晚。

在這塊土地上超越了種族、語言的隔閡，彼此沿路就放膽聊聊各自眼中的故鄉還有旅途，短暫的相遇就好似我在流浪時候的感覺，才發現**並不是非要到國外旅行，才能有浪跡天涯的感受**，只要揹起背包去認識陌生旅人，一樣可以從不同的旅人身上去了解世界。

說眞的從來沒有想過，有一天角色竟然對調，我當起了熱心的在地東道主，招呼著遠方陌生的旅客。在家裡牆面，分享著自己在世界各地蒐集的明信片。提供免費的熱食跟房間，帶他們去覺得家附近値得一看的景點，

原來旅途中學到的每件事情，都會讓自己變成一個更加溫暖的人。

雖然此刻的我無法旅行全世界，卻可以把全世界的旅人帶回家，我提供簡單的沙發，旅人提供他們的過往，我們交換彼此的故事，或許轉身之後又是分開的平行線，但這個交叉的緣分或許會在未來不經意的瞬間，跟其他的旅人或是國家產生更奇妙的化學作用，而留下的感動也會帶給自己另外一番視野。

十年後

不後悔曾經付出過的溫暖，也明白人與人之間還是需要保持適當距離，認清旅途中經歷的每一個緣分皆無法長久，也認清自己沒那麼偉大。

思念

去了一趟遠行，才知道真實的世界有多大，
回到了原點，才明白過去生活的世界有多小。

正當我想著要慢慢適應原來的軌道時，通訊軟體總會不時的跳出「你好嗎？我是上次跟你在××地方認識的○○，剛好要去台灣旅行，有機會去拜訪你嗎？」或是「自從上次分開後，我已經迫不及待訂好機票去找你，而且這次帶朋友一起去住你那，可以嗎？」

這群在旅途上認識、五花八門的旅人們，不約而同要來找我，心想一句玩笑話「下次，有機會來台灣找我玩。」竟然一一成眞。曾經以爲跟這群人分手後就很難再次相遇，沒想到還會有再見的可能，說眞的這比樂透中大獎還令人興奮。

2018 / 美國　馬蹄灣

但到底要帶這群外國的友人去哪呢？去宜蘭泡湯？去太魯閣看峽谷？還是去中正紀念堂看阿公阿嬤做早操？或者是台北一〇一看曾經的世界第一高樓？

以上這些事情都不是自己平常會做的事，太魯閣我只去過一次，蘭嶼這個小島又太遠，想來想去最熟悉的風景，竟然是家附近的便利超商。突然覺得一陣可悲，於是開始有了新想法，逐步去了解我生活的每個環節跟環境。

於是開始假日騎著摩托車，在熟悉的巷弄中尋找一些亮點，原來在自己生活的地方也是可以充滿各式各樣的小旅行。發現老舊的巷弄、堆砌著老磚瓦建築，那是眷村留下來的故事。各地都有不同的廟宇，供奉著觀音、媽祖、神農大帝等不同的信仰中心，很多商家前都開始點亮了美麗的燈籠，準備迎接節日的到來。而這些簡單的東西就是我的生活，介紹給外國友人最棒的禮物，根本不需要捨近求遠。

2011 / 台灣 桃園國際機場

偶爾迷路，
在陌生城市的巷弄中，
看見不一樣的生活型態，
是一種美好；
在平凡的生活裡面，
找不平凡的風景，
應該也是另外一種，
旅行的幸福。

我總是讓這些貴客體驗當一日台灣人，跟著平常的我一起去吃傳統早餐、去廟裡拜拜、去逛逛家裡附近夜市或是黃昏市場，看看平常的台灣人是多麼努力過生活，原本還怕這群人不喜歡這樣的安排，好在他們都很喜歡這樣另類的旅行。或許也是這群人的來訪，順帶提醒了自己，應該對這片土地更加了解，所以也決定踏上獨自探訪台灣的計畫。沒有任何旅伴，也不爲自己安排好住宿跟行程，把最熟悉的街景當作國外流浪的城市，才發現多年活在媒體報導跟工作下的自己，生活僵硬到不行。

總以爲這個社會不求進步，才發現井底之蛙的人是自己。台灣各地充滿了各式各樣的感動，這些不光是看書就能明白透澈，而是需要靠自己的雙腳，一步一步踏實走過，用眞心去觸碰每個人的笑臉，才能明白爲何走了無數的國家，還是覺得台灣是天堂的寶島。

爲什麼要去陌生的地方？因爲當習慣了大山大水、習慣了古城美貌、習慣了童話世界，卻不習慣裡面的自己，那麼就走向遠方吧！

遠方不是家，卻是能讓你看清楚「思念」兩個字的地方。

十年後

走遍世界各地後才發現，旅途最想做的一件事還是看完風景後，回家。

2021 / 台灣 桃園

關卡

有一種覺悟，是對生命活著的堅持，
明白世間最大的寶藏，就是把握當下每一吋時光。

害怕死亡嗎？其實我不太明白心跳靜止的聲音，只感覺那是一種遙遠又可怕的距離，直到旅途中遇見了死亡，一瞬間明白生命的珍貴。

身體支撐著痛楚，卻回想著生命中所有美好的光影，遙想著遠方的家人，多希望在閉上眼前好好親吻他們的臉龐，明白絕望兩個字如此眞實，又期盼有一線光芒灑落，最終我獲得生命的救贖，只是窗外的風景都沒變。

笑，再也不像過去那樣戴上面具，看人臉色。
哭，再也不像過去藏在房間角落，暗自流淚。

2020 / 斯里蘭卡 獅子岩

我再也不害怕孤獨，原來最孤獨的時候是接近死亡的無助，穿越了恐懼才能來到內心的明池。

悲歡、離合，像是穿越了一面鏡子，來到另外一個陌生世界。

沒辦法停下腳步，也不想回頭，沉重的步伐接續未完的旅程，心想能走多遠，就走多遠。

獨自旅行，常常一個人就坐著車，沿著荒蕪的公路流離顛沛，車廂裡半個人都不認識，下了車自己買了水就蹲在車腳歇息，靜靜看著每個陌生的臉，腦子卻是一片空白，想著接續該怎麼走，下一秒可能被搶，下一秒可能生病，下一秒可能錯過風景，我永遠都不知道下一秒會發生什麼，**原來獨自並不美好，而且無常，但是當我越崩潰越能感受到自己的韌性跟堅強。**

儘管半夜才被公車丟在陌生的轉運站，花了兩個小時才找到住宿的落腳處，長時間旅行容易又餓又累，鏡子裡面的我像路邊的雜草，走在路上像一個遊魂，總是擔心趕不上下一班車，簽證又要到期，但入睡前都好期待明天睜開眼睛的剎那，沒錯！又要去那些我從未去過的地方，看見我從未見識的風景。

是啊！過去的生活裡我擁有了一切，卻永遠學不會期待明天，翻開棉被，打開電腦，訊息永遠都是無止境的相互抱怨。在旅行的過程中我雖然經歷各式各樣的困難，卻學會珍惜自己，睜開眼睛，打開背包，就是永無止境的對未知挑戰極限。

以前我懷抱著很多不切實際的夢想，也憤怒著自己的無能爲力，但透過另外一個環境的磨練，慢慢找到人生另外一個出口。人生沒有過不去的關卡，活著就有它本身的價值，不要讓自己留在原地鑽牛角尖，換個空間說不定就有另外一片天地。

隨著旅途歸來，夢想變成逐漸鬆脫的螺絲釘，每一個選擇就像掉進過去的陷阱，每一句身不由己都是安撫自己的謊言，我想離開，卻怕被說逃跑，我想做夢，卻怕被人說傻子，我討厭如此清醒，也明白又走回當初離開的分岔點。

當我徘徊現況的不安，徬徨未來的抉擇，一通電話掀開藏了天大的祕密，電話那頭一個媽媽急著找尋自己的孩子，問我他的孩子去哪？我慌了手腳，不知道該怎麼辦，共事很久的好友同事才說要去住院，臨走前我給了他一個擁抱，還說請他保重，兩天後人卻在一個不知名巷弄，自我了斷變成一具冰冷的屍體，所有人都問我：「爲什麼？他要走。」他的母親也問我：「爲什麼？他要走。」

我不知道，可是我心好痛。

我不明白，爲什麼有人想用死來解脫。

2019 / 波士尼亞　布拉加伊修道院

只能在夜深人靜流著眼淚說：「或許這就是他多年來想要的旅行。」

有一種遺憾，是對生命逝去的悔恨，

因爲不管做任何努力，都無法讓時光回溯到最初；

有一種哀愁，是對生命結束的脆弱，

原來跨越死亡的盡頭，過去任何風起雲湧都是空；

有一種覺悟，是對生命活著的堅持，

明白世間最大的寶藏，就是把握當下每一吋時光。

如果每個人的結局注定都是死亡，那故事的精華應該是過程，而不是最終結果。如果人活著只是爲了他人的眼光過得庸庸碌碌，畏懼成爲夢想的主角，逼迫自己成爲別人的配角，那豈不是浪費存在的價值。

旅程中第一次經歷死亡，讓我感受到生命的無常；第二次經歷摯友的死亡，卻是無盡的遺憾。覺悟過去太習慣順著別人的眼光漠視內心的渴望，老是安慰自己現在這樣就好，當夢想有一天變成風中燒盡的殘燭，一個輕吹很容易就滅亡。

於是我決定邁向思量已久的新人生，把徘徊猶豫拋在腦後，因為不想變成第二個遺憾，也不想讓無常掌握自己的未來。選擇路有很多種，絕對沒有死路一條，選擇你所愛，愛你所選擇，每一個轉角都可能是美麗生命的入口。

十年後

留下的，好好珍惜，離開的，道聲安好，放下遺憾，才能了結遺憾。

Chapter 5

十年後，擁抱現實中的平凡

出走，是改變我人生至關重要的轉折點，
持續在網路寫作分享，
也讓人生走出另外一條不同道路，
尚未嘗試之前，
我認為追逐夢想就是走鋼索的人，
如今走在鋼索上的我，翻跟斗跟倒立皆難不倒。
再經時間與旅程淬鍊，明白擁抱平凡才能長久，
有錢把日子過好，沒錢把心情過好，
不為往事憂愁，只把眼前日子過好就好。

2020 / 斯里蘭卡 美蕊沙

選擇

人活著，不能一直都在泥團中打滾，怕也要出去，就怕不離開的我，身軀活著，卻跟死了心一樣。

近日收到一封明信片，是十幾年前在某青年旅館認識的櫃檯妹妹寄給我的，她跟我同月同日生，一月十日摩羯座。她對我有諸多好奇，從一個素人上班族到網紅作家，她問我：如果人生可以再來一次，還會做同樣的選擇嗎？但她不知道，我曾淪落到沒有任何選擇的餘地，也有過負面的想法。

十多年前，在壯遊風潮還沒吹起時，父親曾經爲了我決定辭職出國狠心要斷絕父女關係，我躲在棉被哭，長達幾個月的冷戰，最後沒有誰獲勝。我不能選擇家庭背景，沒有支持孩子出走的開明父母，但我還是選擇義無反顧的出走。

大學畢業就遇到SARS風暴，沒幾年又遇到金融風暴，薪水不漲，工作環境亂糟糟，還要被貼「草莓族」的標籤。大環境差，各種裁員風氣下，公司要員工共體時艱，沒有三節獎金，不管多努力都彷彿沒有前途。同事們也不支持我去旅行，他們說：「好不容易在公司撐了幾年，有了職銜、管理位置，你不怕回來就沒有你的位置？」我不能選擇職場工作，沒有讓我放飛一年的公司，但我可以燒光積蓄，還有承受離職後所有疑惑的眼光。

至於歸宿，身爲屆齡三十歲的上班族，當時有一部連續劇叫做《我可能不會愛上你》，講述三十歲初老的女人怎麼面對社會現實的眼光——三不五時就會被問幾時結婚？有沒有對象？要不要介紹？彷彿女人最終的歸宿還是嫁人生子。倘若你說還沒，就會有人催著你趕快去完成，跟你說：「再老，就沒有人要了。」朋友介紹了相親對象，同事也努力做媒。後來，我談了幾次戀愛，也碰過想進入婚姻的人，最終都無疾而終。婚姻是兩個人的事，我無法選擇原地隨便找個對象結婚，至少能選擇離開，逃離所有人的關心。

雖然總是羨慕別人的生活，不用努力工作賺錢就可以環遊世界，老公會付錢讓她去做任何想做的事，退休後領著退休金四處旅行；事實上，我們都不能選擇過別人的生活。然而每個光鮮亮麗的人背後，怎麼可能沒有故事跟辛酸呢？

離開，是切割生活毒瘤最快的方法。別問怕不怕，怕又能怎樣？人活著，不能一直都在泥團中打滾，怕也要出去，就怕不離開的我，身軀活著，卻跟死了心一樣。有一句話這麼說：很多人都是三十歲就死了，到八十歲才埋葬。

2016 / 冰島 黑沙灘

後來的後來，我成爲了旅遊作家與網紅，換成別人羨慕的對象。人們總先看見別人美好的一面，就像我們習慣先把美好的一面告訴別人，而美好的背後往往是一連串曾經沒有選擇，無法選擇，不能選擇的日子。

過去我是窮遊背包客，一天吃喝住交通只能花五百台幣，住的是多人的宿舍房，那是沒有選擇下的選擇；現在可以住得起單人房，吃得起大餐，買貴的機票不用眨眼。

成長過程中，沒有選擇是必然的經過，所謂選擇，大半都是透過努力跟篩選而來的。對任何人都無須羨慕，不是能力決定了命運，而是選擇決定了命運！

2024 / 墨西哥 帕茨夸羅

狀態

既然單身狀態已經是一百分，沒有意外，我想繼續維持一百分。

不知道從何時開始已經沒有脫單的願望，看到月老廟也會自動閃過，也不認爲這輩子終要結婚生子才算完整，過去心態是「寧缺勿濫」，現在心態是「獨善其身」。面對陌生人質疑也能坦然說出想法，你看我孤苦伶仃，我則在孤芳自賞，不用他人的思考模式去歸咎人生該怎麼走。

偶爾還是會有人來試探：「眞的不想找另外一半嗎？」我會直接說：「對喔！」沒有要委婉。偶爾也會有人來教育：「女人最大的幸福就有一個疼你的另一半。」轉身默默刪掉這個人。偶爾也會有人來關心：「單身這麼久，不想來個甜甜的戀愛嗎？」我會直接說：「安全走在路上，不想突然被車撞。」畢竟回過頭看幾次被車撞的經驗，不是破財就是傷身，還得不到應有的理賠金額，也落下永遠不會好的傷疤。

也有人會問：「以後你老了誰來養你？」我會回：「現在子女有多少個能養得起父母，不靠父母養就很感恩了，還期待下一代？」也有人會說：「以後老了不會很孤單嗎？」我會回：「與其煩惱那些雞毛鳥事，爲啥你不先想想活在當下的正經事。」多年長時間的單身生活，不太需要爲了思考家庭價值或遷就別人，不知不覺就養成了兩件事——關我屁事跟關你屁事。我認爲只要把自己顧好，人生就可以一百分。既然單身人生狀態已經是一百分，沒有意外，我想繼續維持一百分。

過了適婚生育的年齡，接著就準備迎接更年期。與家人同住的我會常想將來如何照顧老後父母的起居生活，未來十年，二十年會有什麼變化在時間跟空間被綁住前，還有多少時間跟力氣去完成環遊世界的夢想。

2015 / 日本 東京

2025 / 中國 重慶

不同人生階段都有不同任務，我認為孤獨並不可怕，可怕的是少數人從年輕就預設孤獨是種病，從孤獨中死亡是晚年淒涼。活到不惑之年，最大快樂就是知道自己想要什麼，然後堅定心志的完成它！

單身不可怕，可怕是面對三姑六婆們的登門指導，多年心得，面對三觀不合的人，直接刪除跳過就可，不在同一個水平，不需溝通。

2025 / 不丹 帕羅

夢想

每年都要列一次人生清單，後來才知道這是活著的痕跡。

小時候很羨慕穿著漂亮洋裝腳踩高跟鞋的大人，期待長大後能找份理想工作賺錢，過上理直氣壯的獨立生活，想吃啥就吃啥，想幹嘛就幹嘛，成爲社會的菁英分子，沒想到最終成爲了職場牛馬之一「社畜」。每日醒來首要念頭是不想去上班，但爲了不被開除，不被貼上米蟲標籤，無奈推開棉被，帶上筆記型電腦跟文件擠上人滿爲患的公車，塞過漫長的高速公路，在最後一刻鐘插下出勤打卡鐘。

我的人生夢想清單從一長串……變成一項——退休後再去實現夢想吧！但想到必須浪費生命四十年在沒有成就跟熱情的工作上，不禁就悲從中來。

老想著離職，卻又不知道離職之後能幹什麼，直覺沒有薪水支撐未來的人，比社畜更低賤。

歷經三十歲轉身遠行的四百天，我對於未來重燃了各種熱情，沒有什麼夢想是辦不到，而是願不願意去嘗試、去冒險、去跌倒。歸來仍是社畜的我很想拋下一切繼續環遊世界，三年後又再一次向公司提出自願性離職，並想了一堆離職後之後要做的清單：瘋狂去旅行、念外語、學煮咖啡、買幾十盒拼圖、每天閱讀一本書、做瑜珈、爬山、學畫畫、開車環島等。

我天真以為把時間還給自己後，就有能力跟精力去圓夢想清單，花五年的時間就可以遊歷世界，事實證明，即使一年三百六十五天有一半的時間在路上，全部的存款都花費在旅途上，一百四十八萬元走了世界七大洲、六十五個國家，我也只走完地球不到百分之十的地圖。

2014 / 日本 東京

沒想到，文明世界也可能因爲肺炎疫情導致哪裡都不能去。二〇二〇年新冠肺炎爆發，邊界關閉，各國封城，大多數人幾乎無法出門，當時排滿整年的旅程嘎然而止，我也就乖乖待在家念書、種花、拼圖跟寫作，也買無數線上學習課程，我也認眞經營自媒體、演講跟帶貨，從一個自由奔放的旅行者變成網路媒體的經營者，正式從一個坑跳進另外一個坑。

當初抱著一股決心離職去走遍世界，沒想到有天夢想變成了工作，受雇者變成了經營者，我如今在名爲旅行的一人公司上班，不需要打卡，也沒有薪水，收入就靠各種接案跟出版維持，整體收入還比過去好很多，有一種苦盡甘來的不眞實感，像夢醒時還能微笑，原來只要找對方法，夢想也能當飯吃。

當然也有人會質疑，網路自媒體如過江之鯽，長江後浪推前浪，前浪死在沙灘上，吃公衆飯碗的也容易被取代。我笑笑說，打工人不管做什麼都很容易被取代，老闆有天要開除你，員工也只能捲鋪蓋滾蛋，花無千日紅，曾經以爲永遠的，最終也只是路過。

人生從來不怕夢太多，只怕從未開始；清單能實現一樣，就是意義的開端。轉身裸辭地第十年，不怕慢，只怕不動，清單上的一筆一劃，不只是願望，更是活著的痕跡。

2019 / 伊朗 色拉子

無常

一定年紀後，我就不深交朋友，
不是不想交朋友，而是不想再面對人世間的無常。

幾年前甫成爲旅遊作家和網紅時，我還是個活潑外向的社交達人，不時受邀參加各種公開活動場合。剛脫離朝九晚五職場圈的我，非常享受認識其他生活圈的菁英分子，會主動跟陌生人交談，也喜歡結交志同道合的旅行夥伴，帶著「自來熟」的熱情一秒融入團體，人脈廣到三教九流都認識，隨時都有派對跟聚餐，享受追隨者的追捧。

不過，潮水退去，網紅也可能走下坡，發現能留下來深交的沒幾個，尤其在經歷幾次網路暴力後，網路上一些不明事理的人向我扔石頭丟雞蛋，我一開始很在意，最終也只能吞下委屈。

但最讓人洩氣的是，曾經數度有交情的朋友蹭你網路流量，還在背後落井下石，讓人百口莫辯跟數度哽咽。明白當人風光無限時，身邊全部都是好人，當你落難需要幫忙時，會伸出援手的人才是能深交的人。

後來刪光理念不同的人，也每年定期清理臉書朋友，遠離沒有交集的人。既然現在都不想往來，以後也不會有什麼機會往來；**過去會刻意保留情分，現在不會隨便腦補情分，有些人說消失就消失，消失之後你也沒有權力去問爲什麼。**

沒有太多社交聚會後，我喜歡待在家，大多時間陪伴在家人左右，在家裡吃晚餐，陪他們下棋，也喜歡找很容易打個電話就約出來的那種老朋友吃飯聊天。

既然，人生最終要別離，那就珍惜在身邊留著不走的人吧！

跟同頻的人在一起，善待彼此，珍惜彼此；也跟能量高的人在一起，優化自己，成就彼此。不跟能量低、批評善妒的人在一起，因爲只會打擊彼此而已。朋友，不是一輩子，是留下來能說說垃圾話，聊聊生活大小事的，最好。

2025 / 古巴 千里達

金錢

人要活得貴一點，好好善待自己，
好好把賺來的錢花在自己身上，
你會一輩子都活得風光明媚，自在快活。

爸爸在花錢跟燒錢之間選擇「花錢」。

爸爸說，一定年紀後，他選擇花錢，不想燒錢，更不期待後代子孫燒假錢給他。這輩子自己賺的錢花在自己身上，人生才不會帶著悔恨進棺材。對他來說，旅行是開心的花錢，因爲花的每一分錢都回報在自己身上，每結束一趟旅行，就等於賺到一趟回憶，後半生無法期待子女撫養，至少要學會富養自己。生病是悲傷的燒錢，因爲人到了一定年紀，身體機能開始每況愈下，倘若犯了哪些慢性病，就必須進醫院掛號、排隊、看病、拿藥，週而復始的燒錢，燒到油燈枯竭那一天。所以他平常就有在運動，保持健康的身體，他說：「爲了走出去，我會好好照顧自己。」我時常覺得爸爸的體力比我這個中年人好太多。

媽媽則在花錢跟省錢之間選擇「省錢」。對她來說，省一分錢，就等於賺到一荷包的錢。在餐廳她永遠點最便宜的，去任何地方都展現高度價格敏感，無法享受「花錢」的樂趣，反而常常因爲省一、二元而沾沾自喜。我告訴媽媽，人生都已經過了七十，該花錢就花錢，不要爲了省錢，最後進醫院燒錢。

我在花錢跟賺錢之間選擇「平衡」，對我來說，賺多少，花多少，旅途中從不透支自己能力所及範圍。財力有限時我選擇背包窮遊，一天旅費只有五百台幣，還到處接案子找打工，只爲湊足廉價航空的機票錢；財力與能力都相匹配時，我就展現經濟實惠小資遊，住單人間，吃餐廳，搭經濟艙，去任何我想去的地方；財力雄厚跟能力都富足時，我會肆無忌憚去追逐夢想，然後一點都不在乎要不要「賺錢」。

賺錢，花錢，燒錢，省錢，人的一生，都必須與錢為伍；沒錢，日子很難過，有錢，又怕不夠用。我認為，人，一定要有錢，因為錢不會背叛你，有足夠的錢，能帶你去看世界最美的風景，有足夠的錢，不用讓你一直低頭喪失尊嚴，但不要活在錢吃人的三觀中。很多人嘴巴最喜歡說「沒錢」「沒錢」「沒錢」，實際上他不是沒錢，只是欲望太多，現實財力無法承擔。

我不借人錢，怕明明借錢出去卻像是在欠債，追著別人討錢時，活得像窮鬼。我以前會同情不去改變自己的人，現在直接「切割」；任何嘴巴喊「沒錢」的人，都跟我沒關係，最怕這種「志向窮人」，窮到像全世界都欠他一般！

2016 / 芬蘭 土庫

餘生，我努力把自己活得貴一點，並不是說要花很多錢過精緻生活，而是善待自己。

人生短短數十載，賺夠用的錢去做喜歡的事，體驗能讓自己開心的事物，遠離讓自己內耗的人，每一分錢都能得到生活中最好的價值。

2022 / 英國　倫敦

旅行

旅行，亦是修行，修身，修己，修心。我不渡人，人亦不渡我，萬物皆可捨棄，唯獨自己，不能棄。

轉身十年，一年三百六十五天，幾乎一半的時間都花在旅途上，幾乎把生活的重心都放在旅行上，畢竟沒上班，沒婚姻，沒子女，沒家累，沒負債的我可以毫無顧慮全心全意的投入在熱愛上。也有人會問我：「一直旅行不疲倦嗎？」對他們來說旅行十天半個月就體力耗盡，看我整日都在外面東奔西走感到不可思議。

我也不藏，大老實話回應：「時常厭倦！」尤其在他鄉生病跟遇到糟糕的人事物，三餐只能吃麵包跟火腿時，就特別想念台灣無處不在的便利超商，住家對面就有家醫診所，三餐有母親照料，不用想著下一餐跟住宿在哪裡。

2025 / 中國 重慶

自助旅行跟工作有部分相似，要處理的雜事非常多，就像上班時候處理客戶的抱怨跟工程師之間的矛盾，每天都會產生各種關卡、新的問題，大部分可以立即解決，或是詢問他人就得到解答，有些則無法，你就像卡在泥堆中無法動彈。但兩者又有不同，旅行是自願受罪，工作大多是被生活所迫，旅行遇到的問題可以選擇跳過，工作上則無法不處理不解決。

為何可以持續轉身旅行而不感到厭倦？我認為是「幸福感」。對我來說，到了陌生的地方就很容易快樂，吃到一餐很特別的食物就很新鮮，即使昨日翻山越嶺傷痕累累，只要明天張開眼睛迎接新的風景，就能瞬間滿血復活。

最常被讀者問走遍世界的你：「下一站想去哪裡？」我都會回：「沒去過的地方我都想去。」

2016 / 印度

我曾在旅途中差點中暑死亡，也遇過戰爭，被偷被搶被騙都是過程。剛開始會害怕，但也只能擦乾眼淚去面對跟解決，也逐漸學會反擊跟坦然，我也從獨自旅行到帶家人、帶一群人出門，不同旅行就是不同關卡，每次過關斬將後都是滿滿的成就幸福感。

對我來說，金錢是支撐旅行的方法，卻不是此生追求的目標，旅行是當前生活的重心，卻也不是未來唯一的路途。或許哪一天風景都看透，我就重新找另外一個目標去努力去生活去勇敢。

旅行給我最好的禮物就是經歷，世界再大，我也只能是我，好的信念會讓坎坷變成坦途，與其焦慮意外跟死亡哪個先來，不如活在自己的季節裡，綻放光芒。

喜歡

你有多喜歡這個世界，這個世界就有多喜歡你。

有人問：你為什麼這麼愛旅行？我說：旅行能看見生活以外的人事物，能感受內在的自己，能無所畏懼熱烈追求自己想要的風景，這輩子所有存在彷彿能慶祝你的誕生、你的到來。用詩與酒佐著腳步，離去時還帶著微笑。

有人問：為什麼不找一個人陪著你？我說：愛戀的本質是狂風暴雨，你想要另外一個人陪，就必須承受另外一個人帶來的痛苦。我，一個人，很好。不需要雙倍的幸福，而所有的陪伴都是一時的。

2017 / 印度 拉賈斯坦邦 齋浦爾

有人問：爲什麼有些地方去過還要去？我說：因爲喜歡。

喜歡，才去旅行。

喜歡，才有繼續的動力。

喜歡，才會擁抱。

喜歡這個世界，世界也會給你相同的擁抱。

旅行有數百種方式，找到適合自己的就好。一開始也會迷惘，也會什麼都想要，不斷的嘗試，不斷的受挫折，不知道怎麼維持生活與生存的平衡，走過大山大水，穿越人山人海，有過心灰意冷，也有疲倦不安，最終你喜歡的模樣，會越來越清晰，會越發愛上旅途中的自己。而我，想把這樣的感受，與人分享。

當你遇見的人越多，就明白沒有誰應該陪伴你走完一生，當你不再跟身邊的任何人比較，就不會覺得委屈跟不甘心。當你越堅定走向自己嚮往的生活，就不再回到如地獄般泥濘不堪的日子。當你越來越孤獨，就發現身邊都是跟你一樣層次高的人，你們會互相鼓勵，彼此欣賞，給予對方力量。只有層次低的人才需要靠「詆毀」別人來成就自己。

轉身十年，人生際遇已然不同，我仍保持初心，能走下去的路，就不要停，逐漸走在一條開滿名叫「喜歡」的路上。偌大的世界中，每個人都有獨一無二的故事，安靜踩著輕盈的步伐，花若盛開，蝴蝶自來，花路已開，無處憂愁。

2024 / 中國 哈爾濱

後記。

旅行，從決定離開的那刻就開始；改變，卻是從歸來後逐漸蔓延；持續，把夢想一點一滴到生活中；相信，選擇自己所愛就會無悔。

從一個素人上班族，到窮遊背包客，再到旅遊作家跟網紅，走了多年的旅行夢，筆耕多年的網路寫作，總是告訴別人不要害怕，要勇敢追逐夢想。因爲我有過迷惘，長達一年多深陷在憂鬱的時光，明白這世界上有一群人像極了過去徬徨無助的我，需要有人點一盞燈指引。

當年因緣際會認識一群熱心又發光的歸國旅者，投影布幕下的他們，講起過去那段國外流浪的經歷，閃閃發光的眼神像是夜空中最閃耀的星星，每一個故事都讓在場者熱血沸騰。會後，我也暗自許下心願，有朝一日旅途歸來，我也想讓許多人冰冷的世界變溫暖，能成爲像他們一樣出色的旅人。接著流浪四百天後歸來，我將旅程故事做成了簡報，寫成了書籍，並舉辦巡迴演講，熱情激昂地告訴台下的每一個人，這世界上不是只有一條路可以選，你擁有更多的選擇。

勇敢離職吧！離開一個錯誤的環境；去國外闖闖吧！去看這個世界有多廣闊。你還年輕，不應該背負這麼多莫須有的責任跟壓力，將生活跟靈魂歸零後，去遇見有故事的旅人們，豐富你的感官，拓展你的視野，你會發現生命並不虛無，你也沒有想像中懦弱。持著「這些人可以，爲什麼我不可以？」的信念，去做那些曾經不敢做的瘋狂事情。我是零，每跨出的腳步都是一，相信自己有一天也會變成有故事的旅人。

2015 / 泰國 沙美島

歸來後我也一直勇敢去選擇自己嚮往的人生，當作家，當網紅，做代購，開講座，甚至開始帶家人去自助旅行。完成自己的夢想外，也完成家人的願望，並如實記錄每一次出發、過程與歸來。

回顧轉身這十多年間，我努力破繭化成蝴蝶，把旅行中的體悟寫成無數文章，將每個故事溫暖傳遞給更多需要力量的人，赤裸傳達眞實的心境轉折，及對夢想堅持不放棄的信念。一個字、一個字，逐年累積也會成沙洲；一小步、一小步，黑暗走到底也會看見光。相信像自己如此平凡的人，只要持續走在喜歡的路上，歲月會給自己想要的一切，也想告訴每個人，不去做永遠不知道可不可以，做了之後可能會很不一樣。

這本書一樣獻給每個走入我生命的旅人們，你們是一扇窗，打開了我封閉已久的世界；你們也是病人，奇形怪狀的病因讓人共情。你們都很勇敢，都在追逐自己心中的夢想。謝謝旅人們，陪我走過流浪的日子！也獻給這些年來不離不棄的讀者與粉絲，在經歷各種網路謠言蜚語後仍站在我這邊，給我點讚，給我愛心，給我溫暖，爲我遮風擋雨，讓我無謂前行。

旅行回來才知道，最美的風景是思念，最棒的夢想是堅持，最好的朋友是自己，珍惜每個當下就是對自己最好的禮物，繼續走，繼續寫，沸騰的心才會繼續熱血。

旅行，是爲了遇見另外一個自己，即使走在一個人的路上，也請不放棄追夢中的勇氣。這條路，我走了十年，慶幸，始終我都沒有放棄成爲那個更好的自己。總有人說：一個人旅行，很貴。我說：一個人的自由，無價。我不期待會改變任何人，但如果有，謝謝你！讓我改變你的人生。

致謝。

爲了再版《能不能，轉身就遠行？》，又重新翻開檔案夾中十五年來走過路過拍攝的相片。從二〇一一年轉身，歷經一年多的紐西蘭、澳洲的打工度假生活，再到亞洲的窮遊背包客，第一次遠行就走了四百天才回到家，路上遇見無數的旅人跟夥伴。無數人在短暫相逢中給了我緊緊眞實的擁抱，也彼此承諾來日一定要再相見。後來幾年，東奔西走的我們仍然保持緊密的聯繫，我當了作家，有人進入婚姻家庭，有人移民他鄉，有人創業開了公司。再後來的幾年，漸漸地大家生活狀態都不再網路上更新，私地下沒有交集，最終變回熟悉的陌生人。

2015 / 日本 沖繩

看到過去彼此的合影，越發想念那段自在奔放的青春歲月，我想念背包客時代的自己，也想念與人一同奔赴山海的逍遙快活，你說以後要賺很多的錢去環遊世界，我說我要在旅途上找一個眞愛，握住手就不再放開。在路上的我們充滿選擇與未知的探索，活得無比天眞與自在。不過歲月是把殺豬刀，削去了稚氣，刻下了滄桑，學會了妥協，不再輕易提起夢想。

但，我仍然感激有你們，以及那些年一起追過的風景。在基督城山上追過極光，在奧克蘭的海邊等新年第一道曙光，在斐濟小島上度過狂風暴雨的颱風夜，在澳洲卡布丘黑心農場一起採草莓罵老闆，在世界上最大的石頭艾利斯岩盡情吶喊呼喊愛，在大堡礁體驗人生第一次潛水，在曼谷的小吃攤跟不認識的人聊泰國連續劇的荒謬與荒唐，在吳哥窟旅館第一次體驗陌生人求婚，在日本摩天輪上許下要繼續旅行的心願，在夜深人靜感到低潮絕望時，那些突如其來問候與關心。

爲什麼回台灣工作幾年後能有勇氣再一次辭職轉身，那是因爲每一位帶著故事的旅人們給予的生命養分，有人教我如何輕裝上路，有人教我如何勇敢說再見，而我學會了把陌生當成世界最溫柔的邀請，勇敢告別不適合的環境，去開創屬於我的第二人生。

同時，我也重新翻開過去四處巡迴辦過講座的相片，當年素人的我爲了推廣出版品，在台灣、香港、馬來西亞辦了無數場分享會。我訴說三十歲遠行的壯遊歷程，有人落淚盈眶，告訴我這本書帶給他想要改變現狀的決心，也讓我更堅定繼續轉身的信念。當時的讀者們，有人成爲眞實朋友，也有人追隨我的腳步離職遠行，也曾被讀者情緒勒索病成憂鬱，我也重新學習人際關係斷捨離。再後來的後來，我不再過度傾聽讀者的心病，不再情緒內耗爲陌生人的煩惱解憂，越發活成小我，不再爲芸芸衆生而苦。

但，仍感激生命中出現每一縷溫柔的光，我用故事去交換彼此人生繼續前行的勇氣，僅此用這本書，謝謝曾經在生命旅途上交錯的靈魂，即使此生再也不復見，對過往的相遇相知，仍充滿感激與幸運。

謝謝，有緣，自會相逢，你若招手，我會點頭微笑。

雪兒Cher

每一次出發都有意義：從 0 開始的自助旅行指南

旅行，是人生中場的解藥，也是活藥

旅人作家雪兒，第一本自助旅行導覽著作！

她說：「期待這本書能給還沒踏出這一步的人勇氣，

給已經踏出去的人持續出發的動力。」

訂了機票，就是一段旅程，一個人生過程。

世界並沒有想像中那麼多隔閡，不管是黑的白的，圓的方的，只要你心是開的，未來的路就會是寬廣的。

何必討好，反正我不喜歡你

即使孤單，也不隨便找擁抱，
不喜歡，就直接封鎖吧！

小時候，我希望是人見人愛的公主，長大後，變成了自立自強的巫婆。

與其在意別人的喜歡與討厭，不再討好，才能真正的實現自由。

這本書希望給身陷各種討厭、情緒勒索的人另外一種出口。勇敢地拒絕，不喜歡的人滾遠一點，如果別人不滾，那就學會瀟灑轉身，關閉閘口，遠遠地把他們甩在腦後。

生活中，選擇留下合適舒服的人

我的任性，自己成全！
知名旅人作家雪兒的不惑宣言！

「此書寫給一群跟我有同樣的靈魂，不卑不亢地頑強耍廢，不再逼自己長大變好的人。」──雪兒 Cher

半熟，不熟，原以為 40 歲老該成熟，結果活的就像 20 歲般不上不下。

以為正值不惑，面對職場、感情跟家庭卻滿肚子牢騷跟疑惑，這本書寫下這牽扯不斷的人際關係，詭譎的職場恩怨，拉扯的兩代之間，以及與內在的衝突。

立志把生活過成喜歡的樣子

什麼樣的日子，才是自己喜歡的模樣？
勇氣會被傳染，喜歡也是！

很多喜歡，是錢買不到的，很多煩惱，是隨欲望增長的，

很多目標，是勇氣決定的，大半日子，你要跟自己過的。

此後，我選擇好了，成為待人溫暖卻不失優雅霸氣的人。

想做什麼，盡全力去做，想廢著不做，就窩在一方天地。

不待見不想見的人，即便最終活成一個人，也要瀟灑自得。

理想生活，不再成為誰眼中的誰，自己人生，快樂悲傷，請負起全責。

VU00292

能不能，轉身就遠行（十周年全新增訂版）
十年後，擁抱現實中的平凡

作　　者　謝雪文（雪兒 Cher）
主　　編　林潔欣
企劃主任　王綾翊
美術設計　江儀玲
內頁設計　徐思文

總 編 輯　梁芳春
董 事 長　趙政岷
出 版 者　時報文化出版企業股份有限公司
一〇八〇一九　臺北市和平西路三段二四〇號三樓
發行專線　（〇二）二三〇六一六八四二
讀者服務專線　〇八〇〇一二三一一七〇五
（〇二）二三〇四一七一〇三
讀者服務傳眞　（〇二）二三〇四一六八五八
郵撥　一九三四四七二四　時報文化出版公司
信箱　一〇八九九臺北華江橋郵局第九九信箱
時報悅讀網　http://www.readingtimes.com.tw
法律顧問　理律法律事務所　陳長文律師、李念祖律師
印　　刷　勁達印刷股份有限公司
一版一刷　二〇二五年八月十五日
一版二刷　二〇二五年八月二十八日
定　　價　新臺幣四百二十元

時報文化出版公司成立於一九七五年，並於一九九九年股票上櫃公開發行，於二〇〇八年脫離中時集團非屬旺中，以「尊重智慧與創意的文化事業」爲信念。

能不能，轉身就遠行（十周年全新增訂版）：十年後，擁抱現實中的平凡 / 謝雪文 (雪文 Cher) 圖 . 文 . -- 一版 . -- 臺北市 : 時報文化出版企業股份有限公司 , 2025.08
256 面 ; 21*14.8 公分

ISBN 978-626-419-715-1(平裝)
863.55　114010390
Printed in Taiwan